# 逢魔の天狗

居眠り同心　影御用

JN190628

早見　俊

時代小説

二見時代小説文庫

# 逢魔の天狗——居眠り同心 影御用28

## 目次

# 逢魔《おうま》の天狗――居眠り同心影御用28・主な登場人物

蔵間源之助《くらまげんのすけ》……北町奉行所の元筆頭同心で今は閑職の〝居眠り番〟。難事件に挑む。

矢作兵庫助《やはぎひょうごのすけ》……凄腕とも豪腕とも呼ばれ、南町奉行所きっての暴れん坊同心の評判を取る男。

蔵間源太郎《くらまげんたろう》……源之助の息子。北町の定町廻《じょうまちまわ》り同心となり矢作兵庫助の妹、美津《みつ》を娶る。

お富《とみ》……両国広小路の横丁の縄暖簾・天狗屋を営む九兵衛の娘。

真壁仁三郎《まかべじんざぶろう》……殴られ屋稼業をしている大道芸人。相州《そうしゅう》浪人。

白河楽翁《しらかわらくおう》……かつての老中首座にして将軍後見役であった松平定信《まつだいらさだのぶ》の隠居名。

桃井主水介《ももいもんどのすけ》……陸奥《むつ》・白河《しらかわ》藩松平家の勘定方。国許の忠道組《ちゅうどうぐみ》を率いる。

大谷幸之助《おおたにこうのすけ》……白河藩、勘定吟味役であったが斬殺される。

林　崎宗次《はやしざきそうじ》……白河藩勘定方。公金横領と上役を斬殺したとして囚われるも逃走する。

紀代《きよ》……殺された大谷幸之助の娘。長身で色白の美しく上品なたたずまいを醸す。

牧村新之助《まきむらしんのすけ》……同心見習いの頃、源之助に仕込まれ、後に源太郎を指導した北町の筆頭同心。

野々宮宗庵《ののみやそうあん》……老医師。何者かに襲われ昏倒していた男（両国道倒）を助ける。

両　国道倒《りょうごくどうとう》……逢魔稲荷で何者かに倒され野々宮宗庵に助けられる。

永沢栄次郎《ながさわえいじろう》……殺された菊次郎《きくじろう》から金を借りていた、とかく評判の悪い浪人。

青木亀弥太《あおきかめやた》……源太郎が面倒を見ている北町の見習い同心。

# 序章

逢魔《おうま》が時《とき》。

夕暮れの薄暗くなる頃、妖怪や幽霊などの魔物が出る、と、おとっつあんは言っている。

「お富《とみ》、逢魔稲荷《いなり》には行っちゃだめだぞ」

お使いを頼んだ時、おとっつあんはお富の頭を撫でながら釘を刺した。近所にあるお稲荷さんは夕方になると魔物が出るという噂があり、いつの頃からか逢魔稲荷と呼ばれている。

だから、逢魔稲荷には寄らない。

夕陽が差して淡い茜《あかね》に染まった小路に、逢魔稲荷の鳥居《とりい》が影を引かせている。行っては駄目だと言われると、魔物が出ると聞くと、余計に寄ってみたくなる。お富は鳥居に向かって一歩踏み出した。

と、見覚えのある大人《おとな》が鳥居から出て来た。薬箱を手に、ゆっくりとこちらに歩いて来る。

「両国《りょうごく》先生だ」

お富は呟《つぶや》いた。

この界隈《かいわい》で評判のお医者さまだ。

お医者さまなら魔物に襲われないのだろうか。それなら、両国先生と逢魔稲荷をお参りしてみたい。

お富は両国に向かって手を振った。

しかし、両国はお富に気付いてくれない。いつもは道で会うとにこにこと優しげな笑顔で挨拶してくれるのに、今日は何か考え事をしているのか、むっつりと黙り込んでいる。

「せんせ……」

もう一度声をかけようとしたところで、お富は口を閉ざした。鳥居の陰から人が現れたのだ。

いや、人ではない。

天狗《てんぐ》……。

そう、天狗である。天狗は両国先生の背後にそっと忍び寄り、大きな石ころで両国先生の頭の後ろを殴りつけた。

両国先生は地べたに倒れた。

すると天狗は両国先生の着物から財布を奪い取った。

そして、お富と目が合った。

「娘、このこと誰にも言うな。話したら、地獄へ連れて行くぞ」

不気味な声で天狗は命じた。

足がすくみ、お富は返事もできなかった。

# 第一章　殴られ屋

## 一

「さあ、一発どうだ」

大仰《おおぎょう》な声が聞こえてきた。

矢作兵庫助《やはぎひょうごのすけ》は引かれるようにして歩みだした。両国西広小路《にしひろこうじ》、大勢の人々で賑わう江戸有数の盛り場を矢作は冷やかしている。

南町奉行所きっての暴れん坊と評判を取るだけあり、牛のような容貌だ。千鳥格子《ちどりごうし》柄《がら》の小袖を着流し、黒紋付きを重ねるといった八丁堀《はっちょうぼり》同心らしい格好だが、今日は非番とあって十手《じって》は持っていない。

文政《ぶんせい》二年（一八一九）神無月《かんなづき》十五日、晩秋の昼下がり、吹く風は肌寒いが麗《うらら》かな日差しが休日の安らいだ気分を高めてくれている。

「一発どうだ、気分爽快になるぞ」

再び声が発せられたが人垣ができていて、何者なのかわからない。

つい、人混《いまし》みをかき分けようとしたが、八丁堀《はっちょうぼり》同心の役目風を吹かせてはならないと己を戒めて、後ろの方から背伸びをしたり、腰を屈《かが》めて隙間を窺《うかが》う。

「一発、十文、どうだ」

叫び立てる男は侍のようだ。

ここで、人の輪が動き、矢作は素早く身を入れた。

侍は薄汚れた小袖に襞《ひだ》がなくなった袴《はかま》、腰には大小を落とし差しにしていた。月代《さかやき》は伸び放題だが髭《ひげ》はきれいに剃られている。このため、日焼けした面相がよくわかる。歳《とし》の頃は四十半ば、目元は優しげだが頬骨が張っているため屈強そうだ。がっしりとした身体つきと相まって大道芸を披露する剽《ひょう》げた雰囲気とは無縁である。

こんな武骨《ぶこつ》な浪人がどんな見世物を披露するのだろうと矢作は興味を覚え、立ち止まった。

「一発、ぶん殴って鬱憤《うっぷん》を晴らそうぞ」

男は声を嗄《か》らしている。

すると、半纏《はんてん》に腹掛けの男が一人、

「よし、お願いするぜ」

と、前に出た。

半纏の背中に、「纏《まとい》」と大きく書かれていることから町火消のようだ。

「お代が先だ」

浪人は言った。

火消は、そらよっと十文を放り投げる。

浪人は大刀を鞘ごと抜いて脇に置いた。

それから職人に向き、

「よいか、わしをぶん殴ってやりたい相手と思うのだ」

と、仁王立《におうだ》ちになった。

「よしっ、いくぜ」

拳《こぶし》を火消は作り、腕をぐるぐると回してから、

「頭《かしら》よ、おれのこと、いつまでも半人前扱いするんじゃねえ！」

大きな声を張り上げるや、浪人に殴りかかった。

浪人は微動だにすることなく正面から受け止める。火消の拳が浪人の頬を直撃した。

直後、

「いてて」

と、悲鳴を漏らしたのは浪人ではなく火消である。

火消は顔をしかめ、右の拳を左手でさすりながら、すごすごと立ち去った。見物人たちから笑いが起きた。

「さあ、どうだ」

頬骨の辺りを指でさすりながら浪人は見物人を見回した。面白がって何人かが十文を支払って浪人を殴ったが、浪人は痛がるどころか笑みをたたえ続けた。殴った方はいずれも拳を痛めたため、平手《ひらて》で浪人の頬を張る者もいた。

そのうち、

「あたいもやる」

一人の娘が前に出た。歳の頃、十か十一歳の乙女《おとめ》だ。矢絣《やがすり》模様の小袖に紅《べに》の帯、頭を洗い髪に結っているのは大人ぶりたいからだろうか。

「なんだ、お富か」

浪人は娘を知っているようだ。

「真壁《まかべ》の旦那、十文でいいんだね」

「ああ、構わんが。おまえ、殴りたいような鬱憤《うっぷん》があるのか」

浪人は真壁というらしい。真壁とお富の関係が気になる。近所付き合いでもあるのだろうか。

「鬱憤……、そうよ。晴らしたいことがあるの。旦那、覚悟してね」

お富は十文を手渡しした。

「おとっつあんに怒られるぞ。十文も無駄遣いしやがってと」

「おとっつあんのことはいいの」

お富は真壁に近づいた。

見物人たちが、

「いいぞ、お嬢ちゃん」

とか、

「思い切り殴ってやんな」

などと囃《はや》し立てた。

そんな言葉には一切《いっさい》、耳を傾けることなくお富は真壁の正面に立つ。真壁の胸ほどの身の丈だ。お富が背伸びをすると、

「そら、しっかりと狙いをつけろ」

真壁は腰を落とし、お富の背丈に合わせてやった。お富は踵《かかと》を地につけ、右の掌《てのひら》を広げた。平手打ちを食らわすつもりのようだ。

お富は右手を頭上に掲げて、

「あたい、嘘つきじゃない！」

叫ぶや平手を真壁の顔面に向かって放った。ところが肩に力が入りすぎたのか、かろうじて真壁の鼻をかすめただけで大きくよろめいてしまった。

「あ〜あ」

見物人からため息が漏れた。

「お富、しっかり見ろ。もう一回、やってもいいぞ」

真壁が言うと、お富はきっと両目を見開き、

「見てるもん、あたい」

何故かむきになって言い返した。

「しっかりと両目を見開いて見ていないから外《はず》すんだ」

諭《さと》すように真壁は語りかけたが、

「旦那なんか嫌い」

あっかんべーをしてお富は立ち去った。

真壁は肩をすくめて苦笑いをした。お富が人混みに紛《まぎ》れたところで、

「よし、おれも殴らせろ」

矢作が名乗りを上げた。

浪人は矢作を侍と見て、

「あいにく、武士はお断りでな」

右手をひらひらと振った。

拍子抜けしたが、我《が》を通すのも大人げないと思い、

「それは、残念だな」

ここは引き下がることにした。

すると、

「貴殿、殴りたい者がおるのか」

真壁が問いかけてきた。

「ああ、大勢いるぞ」

一瞬の躊躇《ためら》いもなく矢作は答えた。真壁は矢作をしげしげと見て、

「宮仕えをしておるのか……。ええっと……、小銀杏《こいちょう》に結った髷《まげ》……、貴殿、八丁堀同心だな」

「まあな」

矢作は笑顔を返した。

「わしも宮仕えをしておったが、堅苦しくてならなかった。それで、辞めてしまった。辞めると、食うに困るが、それでも、肩の荷がおりて、日々の目覚めがいいぞ」

晴れ晴れとした顔つきは、浪々の身にある境遇を見下《みくだ》されまいと見栄《みえ》を張っているわけではなく、偽りのない本音のようだ。

「そうかもな」

矢作は、うらやましくなってきた。

実際、奉行所の秩序、体面には嫌な思いをさせられることが珍しくない。

「ああ、気楽でいいぞ」

両手を頭上に掲げ、真壁は爪先立ちとなって伸びをした。頬骨の張った黒い顔が丸味を帯びたように見える。

真壁に矢作は親しみを覚えた。

「どうでござる」

矢作は右手で猪口《ちょこ》を傾ける仕草をした。

「わしも酒は大好きだ。ただ、あと半時ほど、商いをしたい。半時、殴られてから付き合おう」

真壁が応じると、

「では、両国界隈を冷やかしてくる」

矢作はその場から離れた。

二

夕暮れ時、真壁は馴染《なじ》みの店があるらしく、矢作は案内されて両国広小路の横丁にある縄暖簾《なわのれん》の前に至った。木枯らしが襟元に忍び寄り、思わず背中が丸まってしまったが、それが却《かえ》って酒の美味《うま》さを引き立てるようで、矢作は生唾を飲み込んだ。

腰高障子に天狗屋という屋号と天狗の顔が描かれている。

暖簾を潜ると、

「いらっしゃいまし」

元気のいい娘の声が聞こえた。

声の主はお富だった。なるほど、真壁は天狗屋の常連客だったのだ。お富は天狗屋の主久兵衛《きゅうべえ》の娘だと真壁が教えてくれた。

お富は真壁を見ると、しかめっ面をした。対して真壁はにこにこと微笑《ほほえ》みながら、とりあえず酒を頼むと注文した。それから、入れ込みの座敷で矢作と向かい合う。酒を頼んでから改めて、

「おれは、矢作兵庫助と申す」

「矢作氏《うじ》は北、南、どちらだ」

真壁に問われ、

「南町だ」

矢作が返答したところで、

「わしは相州《そうしゅう》浪人真壁仁三郎《じんざぶろう》と申す」

この時ばかりはきちんとした挨拶を真壁は返した。

「真壁氏か、先ほど役目を辞めてすっきりとしたと申されたが、どのような役目をお勤めであられたのかな」

気にかかっていたことをいの一番に尋ねた。

「勘定方でござった。日々、御家の銭勘定をしておったわけだ」

真壁は肩をぐるぐると回した。

いかにも鬱憤が溜まりそうな職場である。職場のことを思い出し、真壁は肩が凝っ

たようだ。

それから表情を緩《ゆる》め、

「昨年の春、藩を辞してから、それはもう、伸び伸びとやっておりますぞ」

「失礼ながら、お身内はいかにされておられるかな」

「妻は藩を辞する一月《ひとつき》ほど前に病で亡くした。息子が一人おり、この近くの長屋に二人で住まいしておる」

真壁が返したところで、お富がちろりを運んで来た。一緒に小鉢にイカの塩辛が盛られている。ちろりの酒が湯気を立て、身も心も温まりそうだ。

「おお、塩辛か。うむ、ちゃんとわしの好物を覚えておいてくれたか。お富はかしこいな」

真壁は誉めたが、

「毎日、注文されりゃ、あたいだって覚えるもん」

頬を膨らませお富は返した。なんだかわからないが、お富は真壁に好い感情を抱いてはいないようだ。

気にすることなく、

「湯豆腐と唐茄子《とうなす》の煮付けをくれ」

真壁は頼んでから、矢作にそれでいいかと確認してきた。矢作はうなずきを返した。

それから、

「ご子息、おいくつですか」

「十六ですな。元服はすませました」

「何をしておられる」

問いかけてから余計なことを聞いてしまったかと悔いたが、

「倅《せがれ》、健之介《けんのすけ》と申すのですが、算盤《そろばん》が達者でしてな、近所の子供たちに読み書きや算盤を教えるだけでなく、様々な商家の算盤勘定を手伝っておるのでござるよ」

「ほう、優秀ですな」

「藩に仕えておった頃は、わしは算盤を使うことに抵抗があってな。算盤侍などと、馬鹿にする者もおったゆえ。倅はわし以上に算盤が達者で、考えてみれば算盤で食わせてもらっておる。もっとも、酒はわしが身体を張って稼いだ銭で楽しんでおるのじゃがな」

真壁が蔑《さげす》まれたように、この時代、算盤や算術を教えない藩校は珍しくない。金勘定などは身分が低い者の仕事だと見なされることが往々にしてあったのである。

「それが、町場では重宝《ちょうほう》されるのですからな、健之介も生き生きとしておる。銭、金は天下の通用……、いやあ息子のためにも辞めてよかった」

真壁は愉快そうだ。

矢作は酒のお代わりを頼んでから、

「真壁氏は何故、殴られ屋などをやっておられる。酒代を稼ぐのなら、他に手立てがあると存ずるが」

「わし自身、殴られることですかっとしているのでござるよ。わしは面《つら》の皮が厚い。いや、これは、性分に加えて、実際、わしは面が厚い。顔面が頑丈にできておってな、殴られてもさほど痛みを感じないのでござるよ。若かりし頃は郡方《こおりかた》の役人を勤め、領内の村々を回っては、百姓たちと相撲を取り、負けたことはなかった。顔面を張られても平気でござった」

真壁は顔を突き出した。

それからがはははと声を放って笑う。

「いやはや、変わった御仁でござるな」

矢作はしげしげと真壁を見返した。

「矢作氏、八丁堀同心ゆえ、わしのようにあっさりと辞めるわけにはいかんだろう。であれば、何か気晴らしの方法を見つけるのがようござるぞ」

真壁に言われ、

「なるほど、拙者の息抜きといえば、酒くらいしかござらんな」

矢作は美味《うま》そうに酒を飲み干した。

「わしも酒は大好物、まさしく酒は百薬《ひやくやく》の長《ちよう》でござるよ」

真壁も目を細めて酒を飲んだ。

それから二人はしばし、酒を酌み交わし取りとめのない話に興じた。何時《いつ》の間にか、店内は客で一杯になった。仕事を終えた大工や店者《たなもの》、行商人が陽気に酒を楽しんでいる。八間行灯《はちけんあんどん》に照らされたぼんやりとした情景とざわめきが、ほろ酔い加減の目には心地良い。

夜が更《ふ》けてきたところで、

「父上」

と、真壁を呼ぶ若者が客の間を縫ってやって来た。

「おお、健之介」

真壁は右手を上げた。

健之助は細面《ほそおもて》で利発そうな顔をした若者であった。真壁が膝を送って作った隙間に座ると、矢作に頭を下げる。

「この……、矢作氏と意気投合しておったところだ」

上機嫌に真壁は言う。

「それはようございましたな。矢作殿と申されましたか。父にお付き合いをいただき、まことにありがとうございます」

健之介は折り目正しく礼儀をわきまえてもいた。

「いや、こちらこそ、色々と面白い話をお聞かせくださり、かたじけない」

矢作も礼を言った。

「健之介、まあ、飲め」

真壁が勧めると、

「父上、何度申したらおわかりくださるのですか。わたしは酒は飲みません」

健之介が断ると、

「元服を過ぎたではないか。わしなんぞは元服前から飲んでおったぞ」

「それは父上の勝手でございましょう。決して、自慢できることではありません」

息子にぴしゃりと返され、

「矢作氏、健之介はこのように融通の利かないところが玉に瑕《きず》じゃが、まあ、いい奴でござる」

　真壁の呂律《ろれつ》が怪しくなってきた。

「まこと、よき、ご子息でうらやましいですな」

「矢作氏はお子さんは……」

「それが……、子供どころか女房もおりません」

　矢作が頭を搔くと、

「それはいかん。八丁堀同心が独り身では、よくありませんぞ」

　身を乗り出し真壁は真顔で言い立てた。

「それはまあ、わかっておるのですがな。こればかりはどうも……」

　矢作が苦笑したところで、

「父上、失礼ですぞ」

　健之介に諫《いさ》められ、

「いや、すまぬ。つい説教じみたことを申した」

　ぺこりと真壁は頭を下げた。

「父上、そろそろ帰りましょう」

　健之介に袖を引かれたが、

「まだ、大丈夫だ」

酒飲みの常套句を真壁は返し、腰を上げようとはしない。健之介はお富を呼んで勘定はいくらだと問いかけた。お富は調理場に入って行った。

ふと、

「お富、真壁氏に平手打ちをかます時、嘘つきじゃないと申しておりましたが、何か嘘つき呼ばわりされることがあったのでござるか」

矢作が問いかけると、

「お富、天狗を見たと申した。わしや親父に……」

「どこで見たと」

「逢魔稲荷から出て来るところを見たということじゃった」

答えた真壁は舌がもつれている。

「逢魔稲荷……」

矢作が首を傾げると、呂律が怪しくなった真壁に代わって、

「近所の稲荷です。小路を入った突き当たりにありまして、夕暮れ時、つまり逢魔が時になると、あの辺りは人通りが絶えるのです。いかにもあの稲荷には魔物が棲《す》んでいそうだと近所の者たちは噂をしております。もっとも、稲荷の境内は藪《やぶ》がありまして、蝮《まむし》や蛇《へび》が出るので、子供たちが、とくに夕暮れ時には寄り付かないよう、そんな

噂を立てているのでしょうが」

そんな稲荷から天狗が出て来たとお富は話したのだそうだ。十日ばかり前、神無月五日のことだったという。

「ところが、天狗が何をしたという問いかけになると口を硬く閉ざし、答えようとしません。それで、父は酔っていたこともあり、強い口調で説教したのです」

真壁は見ていないことを申すな、見ていないから天狗がしたことを話せないのだと叱ったのだとか。

「どうも、父は酔うと説教癖があっていけません。しかも、のん兵衛の常、しつこいのです。何度も同じ話を繰り返す。これでは、お富もいじけてしまいます」

健之介は語ると、さあ、帰りましょうと、真壁を今度は強く促した。真壁はよろよろと立ち上がり、

「矢作氏、はやいところ嫁をもらえ。でないと、八丁堀同心の務めはできぬぞ。よいか、嫁をもらってこそ、一人前だ。それから、子を産み、育てるのじゃ。よいか……、矢作……、矢作兵庫助、嫁をもらわねば一人前とはいえぬぞ。矢作……」

なるほど、健之介の言う通り、真壁はしつこい。辟易《へきえき》としたところでお富が勘定書きを持って来た。

「ここは、おれが持つ」

お富から矢作は勘定書きを受け取った。

「では、後日、お返しに参ります」

律儀に健之介は頭を下げた。

店を出ると、夜空を見上げた。雲間に満月が架かっている。酔眼にはにっこり微笑んでいるように映った。

三

その五日後の二十日の夕暮れ、北町奉行所同心蔵間源之助《くらまげんのすけ》は築地《つきじ》にある松平定信《まつだいらさだのぶ》の隠居屋敷に呼び出された。

巨軀ではないが、がっしりとした身体つき、浅黒く日焼けした顔はいかつくて近寄り難い雰囲気を醸《かも》し出している。やくざ者でも一睨みで逃げ出しそうな源之助はまさしく八丁堀同心になるために生まれてきたような男だ。

おまけに源之助ときたら履《は》いている雪駄《せった》も普通ではない。捕物の際に武器にしようと鉛の板を薄く伸ばして底に仕込んでいるのだ。

「白河楽翁《しらかわらくおう》さまがお呼びとは、さて、いかなる御用向きであろうか」

期待と多少の不安を抱きながら源之助は独りごちた。

白河楽翁とは松平定信の隠居名、老中を辞してからは陸奥国《むつのくに》白河藩十一万石の藩政に専念していたが文化《ぶんか》九年（一八一二）に隠居し、築地にある下屋敷で隠居暮らしを送っている。

二万坪という広大な屋敷には浴恩園《よくおんえん》と呼ばれる名庭園があった。定信自ら庭の手入れをするほどに作庭に熱心である。

裏門から屋敷の中に入ると、江戸とは思えない世界が広がっている。大きな池の周辺には紅葉が色づき、竹林もあるが一見して庭には見えない。どこかの山里をそのまま運んで来たかのようだ。落ち葉が舞い、野鳥の囀《さえず》りがかまびすしく、鍬《くわ》を担いだ農夫が行き交っていそうだ。

ご丁寧に地蔵まであり、晩秋の柔らかな夕陽を浴びて茜《あかね》に染まっていた。子供たちが遊び回り、お寺の鐘が打ち鳴らされてもおかしくはない。

江戸市井《しせい》の喧騒とは無縁の庭は、政《まつりごと》から身を引いたかつての名宰相松平定信、白河楽翁の心を表しているようである。

この庭には風流を解する大名や書家、絵師、学者が大勢訪れ、定信が彼ら文化人と歌を詠《よ》んだり絵を描いたり、語らったりするのを楽しみにしているそうだ。

家臣の案内で御殿の控えの間に通された。庭とは違って質素な座敷である。もっとも、寛政《かんせい》の改革の際には質素倹約を旨とし、贅沢華美を諌めた定信らしいとも言える。

しばらくして定信がやって来た。

隠居らしく焦げ茶色の小袖に同色の袖なし羽織を重ね、宗匠頭巾《そうしょうずきん》を被《かぶ》っている。

頭巾から覗く白髪が以前会った時より心なしか増えているようだ。

目元を緩め、穏やかな表情ながらも眼光鋭く、嘘やごまかしは一切通りそうにない。

「相変わらず壮健そうで何よりじゃな」

定信は鷹揚《おうよう》に声をかけてきた。

源之助は軽く頭を下げ、

「本日の御用向きは……」

定信は閉じられた襖に向かって、

「入れ」

と、呼ばわった。

襖が開き、一人の侍が入って来た。羽織、袴の整った身なり、歳は三十前後、細い目に薄い唇、生《き》まじめな一方、酷薄《こくはく》そうな男であった。

「当家の勘定方でな、桃井主水介《ももいもんどのすけ》と申す」

定信に紹介され、

「桃井でござる」

桃井は会釈をしてきた。

「北町の蔵間源之助です」

源之助が挨拶を返すと、

「蔵間はな、南北町奉行所きっての凄腕同心であるぞ」

定信は称賛してくれたが、今のわが身を思うと面映《おもは》い。

「閑職にある身でございます」

源之助は己が素性について正直に語った。

かつては筆頭同心として定町廻《じょうまちまわ》りを束ね、探索や捕物の陣頭指揮に当たったがそれは昔、ある事件で失態を犯し、両御組姓名掛《りょうおんくみせいめいがかり》という閑職に追いやられた。

「両御組姓名掛の仕事は、南北町奉行所の与力、同心の名簿作成でござる。本人や身内が死亡したり、縁談があったり、子供が生まれたりした時に、その都度《つど》、資料を追加していくのです。いたって、閑《ひま》な部署ですので、南北町奉行所合わせてわたしただ一人という閑職です。従って、人呼んで居眠り番で通っております」

源之助は笑った。笑うといかつい顔が和《やわ》らぐどころか、かえって際立った。鉛の板を仕込んだ雪駄のことは言うのが憚《はばか》られた。閑職にある身では無用の長物《ちょうぶつ》と思われかねないからだ。

桃井はどう反応していいのかわからないようで口を閉ざした。

「却《かえ》って、好都合というものじゃ。このような腕利きが閑職にあるというのはな」

定信に言葉をかけられ、

「もっともでございます」

賛意を表すように桃井も言葉に力を込めた。

定信は源之助に向き、

「そなたに手助けをしてもらいたいことがある」

定信は桃井を目で促した。

定信に限らず、閑職に追いやられてからも、いや、閑職にあるがゆえに、源之助は奉行所とは関係のない様々な御用を依頼される。依頼主も松平定信のような大物の場合もあれば、名もなき庶民ということもあった。

源之助は影御用《かげごよう》と呼んでいる。

影御用を成就《じょうじゅ》したからといって出世などしない。時に多少の報酬を得ることはあるが、銭金《ぜにかね》目的で引き受けるわけではない。周囲には暇つぶしなどと言っているが、影御用を担うことは八丁堀同心としての矜持《きょうじ》であり、生き甲斐であった。鉛の板を仕込んだ雪駄を履き続けることも、源之助が八丁堀同心であり続けるための拘《こだわ》りと言えた。

桃井は膝を進め、

「これはくれぐれも他言無用に願いたいのですが」

強い口調で前置きをしてから語ったところによると、白河藩十一万石松平家の国許で事件は起きた。今年の弥生《やよい》一日の晩、勘定吟味役大谷幸之介《おおたにこうのすけ》が斬殺されたのである。

「斬ったのは勘定方の役人林崎宗次《はやしざきそうじ》と申す者でござる。林崎は勘定方の役務にありながら、藩の公金を横領し、それが発覚して大谷さまから叱責を受け申した。叱責されて逆上し、斬殺に及んだ次第。その場で我らが捕縛し、斬首と決まったのですが、処刑場に連れて行かれる際に逃亡してしまいました。今月の初め、江戸藩邸の者が、江戸市中で林崎らしき者を見かけたという報せが国許に届きました。それで、江戸に潜伏しておるものと見当をつけ、拙者が捕縛に参った次第です」

桃井が語り終えるのを待ち、

「ついては、蔵間、桃井を手助けして林崎を見つけ出して欲しいのじゃ」

定信が頼んだ。

「お話はわかりました。ですが、そうであれば、町方《まちかた》にて人相書を作成し、手配をしてはいかがでしょう」

「そうしたいところじゃが、このこと、できる限り、内密に探索を行いたいのじゃ」

白河藩の不祥事を恥じ入るように定信は顔をしかめた。

「ごもっともです」

「よって、そなたと桃井でなんとしても林崎を捕縛して欲しい。召し捕るに当たってはくれぐれも用心してかかれ。林崎は相当な使い手じゃからな」

定信の言葉を受け、

「林崎は白河藩きっての使い手でござってな、それもあって、役人どもは護送中に取り逃がしたのです」

面目ないと桃井は頭を下げた。

「よって、場合によっては斬り捨ててもかまわんのじゃ」

定信は言った。

「わかりました。一つ、お聞かせください」

「申してみよ」

「林崎が上司である大谷さまを斬殺に及んだわけは、公金横領が発覚したことだけでございますか」

公金横領が発覚したなら、当然責任を負わされる。かといって、上役を斬れば罪が消えるものではない。公金横領は明らかとなっているのだから、上役を斬ったところで得るものはない。それなら、公金横領の罪に加えて上役への不満、憎悪があったのかもしれない。

そう考えての問いかけであった。

果たして、

「私情もござった。いや、むしろ、私情の方が強かったからかもしれませぬ」

桃井は答えた。

「私情とは……」

「かねてより、林崎は大谷さまのご息女、紀代《きよ》殿に懸想《けそう》しておりました。想いのたけを胸の内に閉じ込めておくことはできず、紀代殿を嫁にもらいたいと再三にわたって、大谷さまに願い出ておったのです」

林崎の執拗な願いに大谷も根負けし、一旦は了承した。ところが、紀代本人は林崎を嫌っていた。父の勧めでも断固として断り、林崎の嫁になるくらいなら死ぬとまで言ったそうだ。

「それで、大谷さまは林崎に断りを入れたのでござる。林崎はそれを了承したものの、酒を酌み交わすうちに林崎は激高して、刃傷《にんじょう》に及んだという次第でござる」

「酒を酌み交わしたとは……、その辺りの委細をお話しください」

「事件が起きた晩は弥生の一日、我ら勘定方の者たちは大谷さまの御屋敷で花見の宴を張っておったのです。大谷さまの御屋敷は勘定方の役所を兼ねておりましてな、宴の途中、大谷さまと林崎は抜け出し、用部屋で密談に及んだようです。思えば、その時、大谷さまから林崎は公金横領を咎《とが》められ、更には紀代殿の嫁入りも拒絶されたのでしょう」

酒が入っていたこともあり、林崎は逆上して刃傷沙汰に及んだ。

「二人の姿が見えないことに気付き、拙者は胸騒ぎを覚えました。それで、同僚と用部屋に赴《おもむ》いたのです。しかし、時、既に遅く、大谷さまは斬殺され、傍《かたわ》らに血刀を手にした林崎が立ち尽くしておりました。いま少し、早くに二人の不在に気付いておれば……」

悔し気に桃井は手で袴を摑んだ。

「まったく、恥さらしもいいところじゃな。当家の面汚《つらよご》しじゃ。それゆえ、このこと表沙汰にはしたくないのじゃ」

　定信も首を左右に振り悔しさと恥辱を滲ませた。

「まったくでございます」

　面目ございませぬと桃井は頭を下げた。

「そういうわけでな、蔵間、すまぬが、手を貸してくれ。今回の影御用はとんだ醜聞ですまぬがな」

　恥じ入るように定信は口を閉ざした。

「桃井殿、林崎の潜伏先、心当たりはございましょうか」

　源之助は桃井に向いた。

「いずこかの盛り場に潜伏しておるかもしれませぬ」

　桃井も源之助に向き直る。

「ほう、それは、理由があってのことですか」

「林崎は無類の遊び好きであったのです」

　白河の城下に連日、繰り出していた。遊興にうつつを抜かしていたそうだ。公金横領も遊び金を得るためであったとか。

「白河では当初は剣の腕が立つことから、剣術道場の師範代などをすることで小遣いを稼ぎ、それで遊興しておったようです。小遣いでは間に合わず、公金に手をつけた次第です」

「それで、江戸でも盛り場に入り浸っておると」

「まさしく、林崎はいずこかの盛り場に腰を据えておるのではないかと推察つかまつる」

二人のやり取りを受け、

「蔵間、桃井を案内して盛り場を探ってくれ」

定信が頼んできた。

「承知しました」

源之助は定信に向き、返事をした。

「林崎め……」

桃井は唇を嚙んだ。

「今回の影御用、そなたにとってはいささか物足りなかろうが頼む」

改めて定信に頼まれ、

「御用に大きいも小さいもございませぬ。しかと、承知致しました」

源之助は頭を下げた。

定信はうなずくと、

「桃井は国許にあって、同輩どもと忠道組《ちゅうどうぐみ》という組織を結成しておる。白河藩の台所事情を好転させるべく質素倹約を推進するばかりか、藩内の不正を正すことを率先して行っているのだ」

「大殿さまが御公儀の政で行われた改革、質素倹約に共鳴する者たちを集め、少しでも御家の役に立てばと粉骨砕身しております。こたび、忠道組の者どもも国許から馳せ参じ、林崎の行方を追っております」

桃井が意気込みを示すと、

「まあ、そうはやるな。多人数で動き回るのはよくない。そのために蔵間に頼むのだ」

きつく釘を刺すように定信は桃井を見た。

受け入れるように桃井は平伏した。

忠道組、おそらく桃井同様に血気盛んな者たちの集まりなのだろう。

# 四

その日の朝のことであった。矢作兵庫助が南町奉行所の同心詰所で一服をしていると、来客だという。詰所を出ると、真壁仁三郎の息子健之介が立っていた。健之介は矢作を見ると丁寧に頭を下げ、

「矢作殿、父が北町奉行所に捕縛されました」

「殴られ屋という大道芸がとがめられたのか」

深刻には受け止めず矢作は返した。

それなら、自分が北町に掛け合って真壁を解き放ってやる。あれから真壁とは三度ばかり天狗屋で飲んだため親交が深まり、真壁の飾らない人柄に好感を抱いているのだ。

ところが、健之介の目は剣呑《けんのん》な色に染まっている。ただならぬ事態のようだと身構えたところで、

「人を殺したという咎《とが》なんです」

息せき切って健之介は言った。

殺しと真壁が結びつかず、

「人殺し、真壁殿が……」

ぼんやりと問いかけると、

「父が人を斬り殺したとお縄にされたのです。そんな馬鹿なこと……。父が人を斬るなんて、絶対、濡れ衣に決まっています」

きつく健之介は唇を噛んだ。

焦燥《しょうそう》に駆られた健之介を目《ま》の当たりにするに及び、矢作はようやく事態の深刻さを知った。

「矢作殿、どうか、お助けください」

健之介はすがるような目を向けてきた。

「わかった。まず、殺しの経緯について話してくれ」

矢作が諭《さと》すようにして頼むと、健之介は気分を落ち着けて語り始めた。


昨十九日の夕暮れのことだった。

真壁は殴られ屋の仕事を早めに終え、両国広小路の縄暖簾天狗屋で一杯飲んでいた。健之介から深酒を諫められていたこともあり、一本だけ飲んで店を後にした。

自宅のある薬研堀《やげんぼり》の長屋に向かおうとした。途中、逢魔稲荷を抜けようと思った。長屋は逢魔稲荷の裏手にあるためだ。すると、逢魔稲荷に至る小路で男が倒れていた。

真壁は男を抱き起こした。

男は袈裟《けさ》懸《が》けに斬られて絶命していた。最寄《もよ》りの自身番に届けたところ、たまたま来合わせた北町の見習い同心青木亀弥太《あおきかめやた》に見咎められ、捕縛された。

「真壁氏は経緯を語らなかったのか。自分の仕業《しわざ》ではないと……。たとえば刀を見せ、血糊《ちのり》の有無を確かめさせるとか」

矢作の問いかけに、

「もちろん、濡れ衣だと申し立て、刀を示したのですが、目撃証人が現れたのです。それで、血糊は拭ったのだと決めつけられ申した」

証人は真壁が常連客となっている縄暖簾天狗屋の娘、お富であった。

「お富……、ああ、天狗屋のお富か」

お富が真壁が人を斬ったと証言しているのだそうだ。

「殺されたのは何者だ」

矢作が問いかけると、

「これは迂闊《うかつ》でございました」

と、自分の不明を詫びてから、

「殺されたのは高利貸しをやっている、菊次郎《きくじろう》という男でございました」

菊次郎は幕府の許可を得ていないもぐりの金貸しだそうだ。菊次郎は貸した金の集金に回っていたらしい。

「運が悪いと申しましょうか。父も菊次郎から借金をしており、そのこともあって父の不利になっております」

「いかほどだ」

「二分あまりです」

「二分で人を斬るとは思えぬな」

矢作は顎を掻いた。

「お願いします」

健之介は何度も頭を下げた。

「わかった。まずは、北町に行ってみる」

矢作は北町奉行所に向かった。


北町奉行所の同心詰所に顔を出した。

筆頭同心の牧村新之助《まきむらしんのすけ》が相手をしてくれた。

「これはこれは、南町の暴れん坊殿か」

両目が凝らされ、新之助は何事だと警戒心を呼び起こしているようだ。

「高利貸しの菊次郎殺しで浪人真壁仁三郎が捕まっているだろう」

矢作が問いかけると、

「よく知っているな」

新之助は目をむいた。

次いで、

「それがどうかしたのか」

「真壁仁三郎は無実だ」

矢作が言うと、

「おい、おい、何を言い出すかと思ったら、勘弁してくれ、言いがかりをつけるのは」

新之助はうんざり顔で返した。

「濡れ衣の可能性がある。実際のところ、真壁は犯行を認めているのか」

矢作が強い口調で問いかけると、

「認めておらん」

新之助は渋面《じゅうめん》を作った。

「そらみろ。濡れ衣ではないか」

「往生際《おうじょうぎわ》が悪いだけだ」

新之助は強い口調で言い返した。

「よし、おれが取り調べる」

「馬鹿申せ。なんでおまえが……」

「おれはな、真壁とは顔見知りなのだ」

「なんだと」

「だから、一度でいい、話を聞かせてくれ」

矢作は詰め寄った。

新之助は矢作の一途《いちず》な態度に折れるようにして、

「わかった。いいだろ。顔見知りというのなら、本音を漏らすかもしれん」

新之助は受け入れた。

矢作は北町奉行所の仮牢に赴いた。

仮牢は三つある。町人、無宿人が入れられる板敷、女と侍が入れられる畳敷きであった。三つの部屋は板で間仕切りがしてあり、真壁は真ん中の仮牢に入れられていた。吟味により罪状がはっきりすると小伝馬町《こでんまちょう》の牢屋敷へ移される。

両側の仮牢からは咳《せき》やうめき声が聞こえる。火鉢など置かれているはずはなく、肌寒い風が吹いていた。

格子の隙間から中を覗き、

「真壁氏」

と、声をかけた。

真壁はこちらを向いて、

「おお、これは矢作氏か」

笑顔を見せてこちらに近づいて来た。

「いやあ、まいった」

と、真壁は照れくさそうに頭を掻く。

「健之介殿から聞いて、驚いて駆け付けてきた次第」

「健之介が……あいつ、余計なことを。矢作氏の手を煩《わずら》わせてしまって申し訳ござらんな」

真壁は神妙な顔となった。

「いや、そんなことよりも、とんだ災難でござったな」

「矢作氏、わしのことを信用してくれるのじゃな」

「だから、こうして来ているんだ」

矢作は真壁を安心させようとにんまりとした。

「かたじけない」

礼を言ってから真壁は首を捻《ひね》った。

「いかがされた」

「いや、お富なのだよ」

「真壁氏が菊次郎を斬ったと目撃した縄暖簾の娘だろう」

「どうして、わしが斬ったなどという証言をしたのであろうかな。わしに何か恨みでもあるのであろうかのう」

真壁はどこか他人事《ひとごと》のようだ。

「それも、併わせて調べる。ところで、菊次郎について、真壁氏は借金をしているそうではないか」

「そうなんだ。ま、二分ばかりだがな。そのことも、わしが菊次郎を斬ったという疑いをもたれている理由だとはよくわかっておる。わしは、月々、きちんと返しておるのだぞ」

いかにも心外だとばかりに真壁は顔をしかめた。

「菊次郎という男、どんな男だった。やはり、ごうつくばりか」

矢作の問いかけに、

「金貸しだからな。まあ、決して好かれる男ではなかったな。人から恨みを買うに事かかんさ」

「それはそうだろうな」

「困ったな」

「菊次郎の亡骸《なきがら》を見つけた時、何か見なかったか」

「そうじゃな」

真壁は腕を組んで思案をした。

「小路の先には何があったのだ。健之介殿から聞いたところでは、逢魔稲荷を抜けて長屋に帰ろうとしたそうだが」

「稲荷、そう、逢魔稲荷だ」

「ならば、下手人《げしゅにん》は逢魔稲荷に逃げ込んだのかもしれぬな」

「その辺のところは矢作氏は専門ゆえ、お任せ致す」

真壁は両手を膝に置き、頭を下げた。

「ともかく、やってみる」

矢作は言ってから立ち上がった。そして、ふと思い立ったように、
矢作が言うと、

「健之介殿に何か言伝《ことづて》があったら、承《うけたまわ》ろう」

「父は達者だと申してくだされ」

真壁は明るい声音《こわね》で言った。

同心詰所に戻り、

「すまんな」

矢作は新之助に挨拶をした。

「真壁で間違いないと思うがな」

新之助は言った。

「いや、おれはこれから調べ直すつもりだ」

矢作が言うと、新之助は嫌な顔をして、

「おまえのことだから、止めても無駄だろうが、それにしても邪魔立てはやめてくれ」

「こっちは、調べるだけだ。その結果、真壁の仕業だとわかったら、それも受け入れるさ。何が何でも真壁を無実だと言い張るつもりはない」

矢作の真剣な目を見て新之助は軽くうなずき、

「よかろう。気がすむようにしろ」

「ところで、真壁を下手人とした同心……。誰だ」

「青木亀弥太、見習いだ。今回は初手柄ということだ」

「そうか、初手柄か」

矢作はうなずくと出て行った。

五

一方、源之助はというと桃井を伴い、両国西広小路へとやって来た。昼九つ（正午零時）を告げる鐘の音が聞こえる。あいにくと、空は分厚い雲に覆われ、川風が吹きすさんでいる。それでも、大勢の男女が往来を行き交っていた。

「まずは、江戸きっての盛り場でござる」

源之助が言うと桃井は周囲を見回した。江戸見物という気楽さは微塵《みじん》もない。目を血走らせ、林崎宗次の姿を探し求めている。

少しは肩の力を抜いた方がいいと声をかけたかったが、それを聞くゆとりはないようだ。

矢場の客引きの娘に向かって、

「賭場を探しておる。賭場はどこだ」

いきなり桃井が問いかけたものだから、

「え、ええ、あの、存じませんけど」

大いに戸惑いながら娘は答える。

「江戸きっての盛り場なのだ、賭場の一つや二つ、あるだろう」

むきになって迫る桃井に娘は困り顔である。みかねて源之助が桃井を引き止め、矢場から離れた。

「桃井殿、あまり表立って、賭場など尋ねない方がようござるぞ」

源之助が耳元で忠告すると、

「失礼しました。勝手がわからず、ついつい焦りが先に立ってしまいました」

桃井は素直に詫びた。

源之助は茶店を見た。男が縁台にあおむけになって独り占めにしている。源之助はつかつかと歩み寄り、縁台から伸びた足を蹴飛ばした。

さっと起き上がった男は顔を真っ赤にして、

「何しやがるんでえ」

怒鳴ったものの源之助のいかつい顔を見ると、

「あ、こりゃ、蔵間の旦那」

と、立ち上がってぺこりと頭を下げた。

「熊吉《くまきち》、迷惑をかけるな。それより、船頭の仕事はどうした。辞めてしまったのか」

源之助に言われ、

「いえ、ちゃんと続いていますよ。蔵間の旦那から世話していただいたんですからね。今日は非番なんで、ちょいと両国界隈を冷やかしているってわけでして」

熊吉は頭を下げた。

「それならよいが、おまえは舟を操るのは達者なのだ。また、博打《ばくち》で身を持ち崩すなよ」

小言を言ってから、源之助は林崎と書かれた人相書を差し出した。

「この侍を見たことはないか」

源之助が問いかけると、

「賭場の用心棒をやっておると思うが」

桃井は勢い込んで口を挟んだ。

「賭場の用心棒ですか」

思案を巡らすように熊吉は人相書に見入った。

しばらく眺めてから、熊吉の顔が輝いた。

「林崎……、ああ、こりゃ、リョウゴクドウトウ先生ですよ。林崎なんて書いてあるからすぐにはわかりませんでしたけど、ドウトウ先生に違いありませんや」

熊吉の答えを聞き、桃井が詰め寄ろうとしたのを制して、

「間違いないのだな」

源之助の問いかけに、

「ええ、確かですよ。お医者です」

「リョウゴクドウトウとは奇妙な名前だな」

「リョウゴクは両国で、ドウトウは道倒って書くんですがね、両国界隈、逢魔稲荷の近くで倒れていなすったのを野々宮宗庵《ののみやそうあん》ってお医者に助けられたんで、そんな風に名

乗っておいでなんです」

熊吉の説明を聞き、

「医者だと……」

桃井が戸惑いと驚きの声を漏らした。

熊吉は大まじめな顔で、

「ええ、大した腕前のお医者で、野々宮先生に助けられた恩に報いるためでしょうかね、野々宮先生の診療所を手伝っておいでです。腕がいい上に親切で生《き》まじめってんで、大した評判でしてね。今じゃ野々宮先生の診療所じゃなくって道倒先生の診療所だって言われています。野々宮先生は藪医者じゃねえんですがね、患者が言うことを聞かないと怒るんで怖がられていたんですよ。だから、患者も離れて台所が苦しかったみたいですが、今じゃ道倒先生のお陰ですっかり繁盛しています」

「なんの医者なのだ」

源之助が問いかけると、

「萬《よろず》ですよ。風邪《かぜ》の診療や骨折りなんかも診てくれますぜ」

「どこで診療しておるのだ」

「薬研堀《やげんぼり》ですよ」

熊吉は道順を教えてくれた。それから、

「でも、先生、何か悪さをなさったんですか」

熊吉は不思議そうだ。

「いや、少々尋ねたいことがあるだけだ。それより、まじめに船頭の仕事をやれよ」

ぽんと熊吉の肩を叩き、源之助は桃井と共に、林崎の診療所へと向かった。


診療所は大川端に広がる薬研堀の表通りから一歩入った小路の突き当たりにあった。川風に吹きさらされたものの白河はこんなものではないと桃井に言われ、源之助は背筋を伸ばし、大股で歩いた。正直、鉛を仕込んだ雪駄は負担だが、八丁堀同心であり続けている実感も湧《わ》いてくる。

一軒家で黒板塀が巡っている。

木戸を入って、診療所と思われる母屋《おもや》の格子戸を開けた。土間を隔てて小上がりになった板敷きが広がっている。数人の患者が診療の順番を待っていた。奥の小部屋が林崎が診療に当てているようだ。

桃井はいきなり、診療の間に向かおうとした。

「待たれよ」

源之助は桃井の袖を引いて引き止めた。

「どうしてでござる」

桃井は心外だとばかりにむっとして返した。

「患者に迷惑がかかります。順番を待ちましょう。林崎とて、逃げはせぬでござろう」

源之助は言った。

「わかり申した」

桃井も応じ、診療所で待った。

患者たちのやり取りが耳に入ってくる。患者たちの評判はいい。親切だ、腕がいい、ありがたいという言葉が聞かれた。

桃井は複雑な顔つきである。

「まるで、別人のようですぞ」

源之助の言葉に、桃井は首を捻った。

確かに、桃井が語っていた林崎は乱暴で、博打好き、それに懸想した女と一緒になれず、藩の公金を横領した挙句《あげく》、女の父親であり自身の上役である大谷を斬って逐電《ちくでん》した凶悪なる男なのである。それが、大勢の患者に慕われる医者となっているのだ。

この時代、医者になるのに資格はない。このため、自称医者が珍しくはない。林崎も食うに困って、医者を称しているのだろうか。

「林崎殿は医術を学んだことがあるのでござるか」

源之助が問いかけると、

「さて、医術を特に学んだことはござらんな。ただ、林崎は粗野な人柄からは想像し難いのでござるが、あれで学問好きなところがござったな。藩校では優秀な成績でござった。しかも、藩校では教えておらぬ、算術や算盤も達者でござった。医術も学んでおったのかもしれぬ」

桃井は言った。

単に粗暴な男という印象しかなかった林崎宗次という男の奥深さが感じられた。そんな男が、随分と安易なことをしでかしたものである。

その知識、才能を持ってすれば白河藩のため、あるいは領民のために役立つ男となったのではないか。

そんなことを思いながら待つと、源之助と桃井の順番になった。患者が二人、一緒に診察を受けることはあり得ないと躊躇《ためら》ったが、どうせ、林崎を捕縛せねばならないのだ。源之助は桃井とうなずき合って、診療の間に入った。

林崎と思《おぼ》しき男が文机《ふづくえ》に向かって書き物をしていた。黒の十徳《じっとく》は清潔に保たれている。医者らしく、月代は剃らず髷を結うという儒者髷だ。目元は穏やかで、口元は優しげな笑みをたたえている。

桃井が厳しい目つきで林崎を見つめていた。

やがて、林崎はこちらを向いた。

穏やかな表情のまま、

「お二人ですか。お一人ずつの方がいいと思うのですがな」

と、源之助と桃井の顔を交互に見た。

桃井を見てもなんの反応も示さない。まるで、初対面のようだ。

桃井は腰を浮かし、

「林崎宗次、覚悟しろ！」

と、怒鳴りつけた。

「はあ……」

林崎は戸惑いの目で見返すと、背後を振り返った。まるでそこに、桃井が呼びかけた男がいるかのようだ。

「林崎宗次……」

もう一度桃井は呼ばわる。

「あの、すみませんが、林崎とはどなたでござる」

林崎はきょとんとして聞いてきた。

「惚《とぼ》けるのもいい加減にしろ。貴様、元白河藩士林崎宗次ではないか」

「はあ、拙者が……、林崎宗次でござるか」

林崎は首を傾げる。桃井は林崎の襟首を摑み、

「来い」

と、立たせようとした。

「まあ、待ってくだされ」

林崎は桃井の腕を振り解いた。

「すぐに、藩邸に来るのだ」

桃井は語気を荒らげた。

「そんなこと、藪から棒に申されても、拙者、どうして白河藩邸に連れて行かれるのかな」

林崎は問いかけた。

「盗人猛々《ぬすっとたけだけ》しいとは貴様のことだ。貴様は国許で上役を斬り、逐電したではないか」

桃井は言った。

「拙者が人を殺したのでござるか」

林崎は自分の顔を指差した。

「林崎、大概にせよ。往生際が悪いぞ。この期《ご》に及んで、逃げたいのか」

「逃げるつもりはござらん。ただ、拙者、覚えておらんのでござる」

当惑し、桃井は言った。

いきり立つ桃井を制して、

「林崎殿、貴殿、記憶を失くされたのか」

源之助が問いかけた。

「はい。この界隈にある稲荷の近くで倒れていたのを、野々宮宗庵殿に助けられましてな。それ以前のことは覚えておらんのです」

林崎は言った。

その言葉が嘘ではないと思われるのは、その邪気のない表情でわかる。

しかし、それで納得する桃井ではない。

「偽りを申しおって」

目を血走らせ、桃井は怒鳴った。

# 六

「ま、待ってくだされ」

困ったように林崎は抗《あらが》った。しかし、それは決して乱暴なものではなく、戸惑いを含んだものだった。

「詳しい話は藩邸で聞く。さっさと来い」

容赦なく桃井は迫った。

「いや、藩邸に行くにしましても今はできません。患者を置いて出かけるわけにはいきませんのでな」

林崎は言った。

「そんなこと知るか。来い」

桃井は林崎の腕を摑んだ。

「今は無理と申しております」

桃井の腕を振り払い、林崎は断《ことわ》った。

まるで、桃井の方が罪人のようだ。

遂には、桃井は刀を取り、抜き放った。

「どうしても来ぬと申すのなら、斬るまでだ」

剣呑な目で桃井を見つめた。

すると、林崎は落ち着きを失うことなく、

「ここは診療所です。患《わずら》ったり、傷ついた者を治す場です。そこで、刃物を振り回し、刃傷沙汰に及ぶことは許されぬ行為ですぞ」

穏やかな口調でありながら、林崎の物言いには断固とした強さがあった。

「黙れ」

桃井は切っ先を林崎の目先に突きつけた。林崎は怯《おび》えることなく桃井を見上げている。

「おのれ、舐《な》めおって」

桃井は大刀を振り上げた。

源之助は間に入ろうかと思ったが、その必要はないと剣客《けんかく》としての勘が告げた。

振り上げた刀を桃井は振り下ろした。

その瞬間、林崎は膝立ちになった。

次いで、振り下ろされた刃を両手ではっしと受け止めた。

「むむっ」

桃井の目が驚きに彩《いろど》られる。次いで挟まれた刃を放そうとするが、しっかと林崎の手に受け止められているため、身動《みじろ》ぎもできない。桃井は左右に動かそうともがいたが、

「やめよ」

強い口調で林崎が言ったと思うと、大きく右に振った。桃井はごろんと横転し、両手を刀から離した。

「林崎、剣の腕は変わっておらぬな。さすがだと誉めてやる。すぐに藩邸に参れ」

桃井は悔しそうに顔を歪ませながらも言い張った。

すると、

「先生に何をする」

「出て行け」

「先生をお守りしろ」

などと大勢の患者たちが診療の間の出入り口で騒ぎ始めた。桃井が振り返ると、

「先生に何するんだ」

女が凄い形相で詰め寄った。桃井が睨み返すと、数人の患者たちが入って来て桃井

を取り囲む。

「出て行け」

「先生に悪さする奴は、侍ったって、承知しないよ」

凄い剣幕《けんまく》で桃井に迫る。

林崎が立ち上がり、

「まあ、そう、乱暴な物言いはよすのだ。この御仁には御仁なりの事情があるのだ」

と、まるで敵意を抱くことなく言った。源之助は桃井の着物の袖を引き、

「今日のところは、帰りましょう。なに、逃げるような林崎殿ではござらん」

と、声をかけた。

すると林崎が、

「林崎というのが拙者の苗字なのですな。ちなみに、名は宗次でよろしいのですな」

本人に自分の名前を訊かれ、いささか戸惑いつつも、

「いかにも宗次でござる」

源之助が答えた。

「林崎宗次ですか、いかにも侍らしいですな。しかし、両国道倒の方が拙者にはふさわしゅうござる」

林崎は微笑んだ。

ところが、目は笑っていない。目元が引き締まっているのだ。林崎に何か変化が起きたのではと源之助には思えたがそれを確かめる間もなく、林崎は文机に向かって書き物を始めた。

桃井は憮然として、

「帰りましょう」

源之助を促した。桃井は踵《きびす》を返し、診療の間を出ようとしたところで、

「忘れ物でござるぞ」

文机の上に置いた抜き身を林崎は取り、桃井に差し出した。桃井は受け取り、さっと鞘に納めると、

「今日は帰るが、絶対に逃さぬぞ」

きつい口調で言い置き、診療の間を出た。源之助も続く。

「ざまあ、みやがれ」

「尻尾《しっぽ》を巻いて逃げて行きやがったぜ」

などと、からかいの言葉を投げかけ、嘲笑《ちょうしょう》を放った。

「おのれ、ただではすまさぬ」

診療所を出たところで、桃井は地団駄《じだんだ》を踏んだ。

「そう、お怒りめさるな」

源之助は宥《なだ》めたが、かえって火に油を注ぐことになったようで、

「これが落ち着いてなどおられましょうや!」

顔を真っ赤にして桃井は怒声を放った。

桃井の怒りが鎮まるのを待つように源之助は少しの間を置き、

「林崎殿は記憶を失くしております」

さすがに源之助に怒りをぶつけるのは筋違いと思ったのか、桃井は大きな声を出したことを詫びてから、

「しかし、やった罪までが失われるものではござらん」

「それはそうでござるが、まずはこのことを白河さまにご報告するのが順当と存じますぞ」

「蔵間殿の申される通りですな」

思案の末、桃井は松平定信の隠居屋敷まで戻ることにした。

すると、十数人の侍たちが砂煙を舞い上がらせながら駆け寄って来た。いずれも目

を血走らせ、血気盛んな様子だ。

忠道組の連中であった。

みな、林崎が見つかったのか気にかけている。桃井が林崎が記憶を失くし、医者をやっていることを説明した。

記憶を失くしたのは芝居だと決めつけ、直ちに捕縛することを主張する者もいたが、江戸市中で騒ぎを起こすことはできないという桃井の説得に折れ、事なきを得た。


源之助も桃井について、築地にある定信の隠居屋敷へとやって来た。

数奇屋で定信は対面をした。

桃井から林崎宗次との面談の経緯が語られた。

「そうか、林崎め、記憶を失くし、医者になっておったとは意外であったな。蔵間、そなたの目から見て、林崎が記憶を失くしたこと、よもや芝居ではあるまいな」

定信に視線を向けられ、

「間違いないと存じます」

源之助はしっかりと答えた。

「これは厄介なことになったものじゃな。記憶を失くした者に罪を認めさせるにはいかにすればよい」

定信は腕を組んだ。

「記憶が戻ればよいのですが、こればかりはその手法がありません」

源之助が答えると、

「記憶を失くそうが、林崎が大谷さまを殺したのは間違いない事実でござります。藩邸に連れて行き、裁けばよいと存じます」

桃井は強く主張した。

「それはどうもな……」

定信は躊躇《ためら》いを示している。

「藩邸に引き立てましょう」

桃井は、強く申し立てたが、

「ですが、両国道倒先生はあの界隈では大変な評判の医者でござる。無理に藩邸に引っ張って行くのは、いかがなものでござろう」

源之助はやんわりと反対した。

「ならば、忠道組の者ども繰り出します。町人どもなんぞは簡単に蹴散らせますぞ」

桃井の考えを、

「それはならん。江戸市中を騒がすことはできぬ」

定信は拒絶した。

すると桃井は、

「では、町方の助勢を頼みしょうぞ」

と、源之助を見た。

源之助が答えるまえに、

「それもならぬ。林崎が罪を犯したのは、白河の国許じゃ。町方には関わりのないこと。また、町方の手を借りてまでして林崎を捕縛したとあっては、当家の恥を表沙汰にすることになる。よって、それはできぬ」

定信は言った。

桃井は悔しそうに唇を嚙んだ。それから、

「では、このままずるずると、林崎が記憶を取り戻すまで手をこまねいて待つということですか」

憤懣やるかたないというように、深いため息をついた。定信も妙案が浮かばないようで盛んに首を振った。

源之助が、

「まずは、林崎殿の人となりを探ってみます。記憶を失くし、薬研堀の逢魔稲荷の前で倒れていたところの状況をもう少し、詳しく調べてみます」

「それがよかろう」

定信が受け入れると、

「拙者も忠道組の者どもと調べます」

桃井も承知をしたが、

「いや、ここは蔵間に任せよう。そなたでは、江戸の盛り場での探索には向かぬ。蔵間、面倒をかけるが頼む」

定信に頼まれるまでもなく、源之助は林崎という男に興味を抱いた。

「承知致しました」

源之助は請け負った。

「これを受け取るがよい」

定信は探索費だと、二十五両の紙包みを差し出した。源之助はありがたく受け取る。

桃井は不満そうだ。

「それにしても、林崎殿、剣の腕は相当なものでござりました。記憶は失っても、身体が剣を覚えておるのだと思います」

源之助は言った。

「なるほどのう、鍛えぬいた技は身体に染み付いているということじゃな」

定信も感心した。

「ならば、これにて」

源之助は辞去した。

七

明くる二十一日、源之助は再び林崎の診療所へと出向いた。

すると、あいにく林崎は往診に出ているそうだ。代わって、大先生こと野々宮宗庵が診療に当たっていた。

ところが、診察を待つ患者の数は少ない。

待つほどもなく、診療の間に入ることができた。

野々宮は老齢の医師であった。頭を丸め、顔は深い皺が無数に刻まれている。黒地の胴服に身を包み目が細く、しょぼしょぼとした様子は好々爺《こうこうや》然としていた。

熊吉が言っていた患者から恐れられているおっかない先生には見えない。

「今日は、いかがされたかな」

野々宮は優しく語りかけてきた。

「わたしは、北町の蔵間源之助と申します。ゆえありまして、こちらの若先生を昨日訪ねてまいりました」

正直に源之助は訪問のわけを語った。

すると、野々宮の面相が一変した。しょぼしょぼとした目が吊り上がり、眉間にはいっそう深い皺が刻まれ、鬼医者の素顔が晒《さら》された。

「ああ、昨日聞きました。貴殿と白河藩の方がおいでになったと」

言葉遣いは丁寧だが、野々宮は今にも怒鳴らんばかりだ。

源之助は軽く頭を下げてから、

「若先生、両国道倒先生、記憶を失っておられますな」

「気の毒なことにな」

「差し支えなければ、倒れていた若先生を見つけた時の様子を教えてくださりませぬか」

「何も隠し立てをしておるわけではないゆえ、構わんが……」

不機嫌に野々宮が語ったところによると、野々宮が林崎を見つけたのは今年の弥生半ば頃のことだった。すると、白河藩を出奔《しゅっぽん》して江戸にやって来て間も無くということだ。

「夕刻、急患がありましてな、往診の帰り道、この診療所の裏手にある逢魔稲荷を抜けたところで道倒が倒れておった。脇には拳よりも大きな石が転がっておった。傷を検《あらた》めたところ、頭の後ろに瘤《こぶ》ができておった。その石で殴り倒されたのだと思った。それと、石の横に薬箱があった。道倒の姿形も医者のようであった。黒の十徳《じっとく》、髪は儒者髷じゃった」

野々宮は診療所に林崎を連れて帰り、手当てをした。頭部が出血していたものの、致命傷ということはなく、怪我そのものはじきに平癒した。

「しかし、本人の素性はおろか、どこから来たのかもわからない。薬箱を持っていたことから、医術の心得があるかもしれぬと思い、脈の取り方や包帯の巻き方などをやらせてみると、これが巧みにこなす。医者ではなかったかと思い、しばらく、この診療所にてわしを手伝ってもらい、そのうち、記憶が戻るのではないかと思った次第なのじゃ」

野々宮は言った。

「ところが、記憶は戻らないままということですな」

「残念なことにな。ところが、昨日、貴殿や白河藩の方が来られ、道倒は白河藩時代に人を斬ったという。さて、わしとしては、あの男が人を殺すような男だろうかと、到底信じられなかった」

「そう申されるのは今の道倒先生をご覧になってのことでござりましょう。大勢の患者たちに慕われる姿からは人殺しの姿は思いも及びませんな」

源之助の言葉に野々宮は大きくうなずいた。

「道倒が人を斬ったというのは、何かの間違いであろう」

野々宮の目が凝らされた。

「それが、白河藩からは追っ手がかかっておるのです。ですから、よもや間違いではないと存ずる」

静かに源之助は答えた。

「白河藩が間違っておるということはないのか」

野々宮の形相が歪《ゆが》んだ。

「それはないと」

源之助が答えたところで、

「蔵間殿、そなたは、八丁堀同心であろう。自分の目で見、耳で聞いたものから事件の真相を探り出すのが筋ではないのか」

怒りを露《あら》わにして野々宮は言った。

野々宮とこの診療所にとり、林崎はなくてはならない存在だ。どのような理由であれ、診療所から連れ去ろうという者は敵であろう。

「まさしく、おっしゃる通りでござりますな」

同意したものの、白河で起きた殺しである。その下手人が林崎と決まっている以上、探索のしようがない。それではいけないのだという言い分はわかるが、今更、調べようがないのだ。それに、松平定信も林崎の仕業であることを断言している以上は、定信を信用しないということにもなりかねない。

「何か迷っておられるのではないかな」

野々宮が源之助の心の揺れをついてきた。

「しかし、それを申されるのなら、今の林崎宗次殿、すなわち道倒先生が記憶を失くされたことで、罪を逃れるということにもなりかねませぬ」

源之助が反論すると、

「それも理屈だな」

小馬鹿にしたように野々宮は鼻を鳴らした。

「ですから、まずは藩邸に出向かれて、きちんとした吟味を受けられたらいかがですか」

「それはそうじゃが、藩邸の中は閉ざされた空間である。よって、藩に都合のいいように裁かれるのがおちではござらんかな」

「ご懸念のことはよくわかります」

源之助は理解を示した。

「ならば、無闇と、道倒を白河藩邸に行かせるわけにはまいらぬな」

野々宮は眼光鋭く言い放った。

「どうあってもですか」

「どうあってもじゃ。今や、道倒はこの診療所にはなくてはならぬ男じゃ。この診療所になくてはならんということは、それだけ大勢の患者のために尽くしておるということなのじゃ。よって、みすみす道倒を死地へと赴かせるわけにはいかん」

野々宮は激した。

案外と根は激しい性格なのかもしれない。

「野々宮先生のお気持ちはよくわかります。ですが、白河藩とて罪人を野放しにしたとあっては、家臣への示しがつかぬ上、秩序も乱れましょう」

「それは白川藩の都合、わしと患者たちは白河藩士、林崎何某など知らぬ。知らぬのじゃ。わしらが知る両国道倒は誠実一途、心優しく、患者思いの見上げた医者なのじゃ。人の命を救う医者、医者が人を殺すはずはござらん」

野々宮は言い切った。

「しかし、白河藩も場合によっては、刀にかけて連れ出しに来るかもしれませんぞ」

源之助は言った。

「それならば、わしは命に代えても道倒を守る。老いぼれじゃが、みくびってもらっては困る」

野々宮は決意を示した。

「その言葉、白河藩に伝えてもかまいませぬな」

源之助が言うと、

「むしろ、是非とも伝えてくだされ」

野々宮は言った。

「しかと承りました」

源之助は一礼すると立ち上がった。

「蔵間殿」

野々宮に呼ばれた。

「顔色がよくない。ご自愛なされよ」

野々宮に気遣われ、

「これは診療までしていただきかたじけない」

皮肉たっぷりに源之助は言い、診療の間を出た。患者たちの憎悪の視線を浴びた。

「さて、どうするか」

源之助は思案を巡らした。

# 第二章　濡れ衣二人

## 一

二十一日、曇天模様の昼下がり、北町奉行所定町廻り同心蔵間源太郎《げんたろう》は、見習いとして出仕した青木亀弥太と町廻りに出た。

源太郎、蔵間源之助の息子である。

強面《こわもて》の源之助とは正反対の優し気な顔立ちだが、源之助譲りの正義漢だ。悪を憎むこと甚だしいが若さゆえに空回りをすることも珍しくはない。

それゆえか、ひたむきだが不器用な青木を見ていると、自分が見習いであった頃を思い出してしまう。牧村新之助に指導され、お陰で定町廻りになれたのだと思う。

両国の茶店に入って一休みをしたところで、

「手柄を立てて、自信がついただろう」

源太郎が声をかけると、

「ええ……、それが、その……」

青木はもじもじと尻を動かした。分厚く垂れこめた雲が青木の曖昧《あいまい》さを際立たせた。

「なんだ、どうした。ええ……、はっきり申してみろ」

青木は源太郎に向き、

「南町の同心が抗議にやって来られたのです」

眉間に皺を刻み思い詰めたように訥々《とつとつ》と語ったが、どうも要領を得ない。報告になっていないと叱責したいところだが、萎縮させるのはよくないと思い、

「抗議……、何についてだ」

努《つと》めてやんわりと問いかけた。

「高利貸し菊次郎殺しです。わたしが捕縛しました浪人真壁仁三郎は濡れ衣であると申し立てておられるのです」

「南町の同心とは誰だ」

嫌な予感を抱きながら源太郎は質《ただ》した。青木は伏し目がちに、

「矢作兵庫助殿です」

源太郎は軽く舌打ちをしてから、

「義兄上《あに》か」

と、呟いた。

「義兄上……」

青木はおやっとなった。源太郎は矢作が妻美津の兄であることを教えた。

次いで、

「義兄上は何故、真壁の無実を言い立てておるのだ」

「矢作殿は真壁と知り合いなのだそうです。真壁の人となりをよくご存じだそうで、人を殺すわけがないとおっしゃるのです」

青木は困ったような顔で答えた。

「人を殺すような男ではないから……、それでは理由になっていないな」

呆れたように源太郎が返すと、

「真壁殿が人を殺《あや》めるなどあり得ない、の一点張りです」

「義兄上らしいな。これと決めたら、信じたらとことんだ。猪突猛進だな。それで……、真壁が下手人《げしゅにん》であるという決め手は、真壁が菊次郎から借金をしていたこと、真壁が菊次郎を斬ったところをお富という娘が見ているのだな。つまり、動機と目撃者が揃っているということだ」

確かめるように源太郎が言うと、

「その通りです」

青木も強く首を縦に振った。

「なら、決まりではないか。それを蒸し返すとは……」

矢作に対して源太郎は怒りが湧いてきた。

「わたしは、間違えたのでしょうか」

青木は不安に駆られたようだ。

「不安な点でもあるのか」

「わたしの探索が間違っていたとは思わないのですが、それでももし濡れ衣であったとしたら、真壁はやってもいない殺しで処罰されます。殺しとなれば死罪は免れません。刀を調べたのですが血糊は付いていませんでした。わたしは拭ったものと決めつけたのですが……」

青木は重罪人を捕縛したことへの重圧と怖れを抱いているようだ。

「不安になったのだな」

「は、はい」

「ならば、わたしが義兄上に釘を刺してやろうか」

「それはやめてください。北町と南町の争いになってしまったら大変ですから」

不安を払うように青木は茶を飲み干した。

「ならば、このままにしておくか」

源太郎は勘定をすませた。


矢作は今日こそ、話を聞こうと両国の縄暖簾、天狗屋にやって来た。昨日、北町奉行所で真壁に会ってからその足で天狗屋を訪れたのだが、お富は矢作に口を開こうとしなかったのだ。

暖簾はまだ出ていない。夕七つとあって、まだ営業をしていないのだろう。

引き戸を開けて中に入ると、

「まだなんですよ」

と、はたきをかけていたお富がこちらを振り向いた。手拭を姉さん被りにし、大人びて見える。客への愛想のためか表情は柔らかだ。が、それも束の間のことで矢作とわかるときつい目となった。

「矢作の旦那、何度来られても答えることは一緒ですよ」

きつい目のまま、お富は言葉を投げてきた。

「本当に、真壁氏が菊次郎を斬ったのだな。しっかりと見たのだな」

拒絶されながらも矢作は問い質した。

「あたい、見たんだもの」

口を尖らせお富は答えた。

「その時のこと、詳しく教えてくれないか」

矢作が執拗《しつよう》に食い下がる。

「もう、いい加減にしてくださいよ。人が斬られたところなんて、思い出したくないもん」

お富は声を大きくした。

すると、調理場から久兵衛が顔を出し、

「矢作の旦那、それくらいにしてやってくれませんか」

いかにも迷惑そうに言葉を挟んだ。

「悪いとは思うが、肝心《かんじん》なところなんだ」

矢作が抗《あらが》うと、

「お富はね、悪い夢にうなされているんですよ」

悩ましそうに久兵衛は小さくため息を吐いた。

「そりゃ、気の毒だと思うよ。でもな、人が一人、殺され、そして殺したと疑われ、処罰されるかもしれん男がおるのだ。おまえだって、よく知っているだろう、真壁仁三郎殿のこと」

「もちろん、知ってます。贔屓《ひいき》にしていただいておりましたからね。ですからね、余計にお富は苦しんでいるんですよ」

わかってくれと久兵衛は顔を歪める。

「辛いだろう。そのことはよくわかる。だがな、真壁氏が菊次郎殺しの下手人とされているのは、お富の目撃証言ゆえなのだ」

矢作が食い下がると、

「矢作の旦那は、お富が偽りの証言をしたとおっしゃるのですか。一体、なんのためにそんなことを……。お富は人さまを陥れるような娘じゃありません。女房と死に別れて男手一つで育てましたんでね、そりゃ、行き届かない点もあるでしょうが、それでもね……」

久兵衛の怒りに愚痴《ぐち》が加わったところで、わかったと矢作は制し、

「お富が嘘をついているとは申しておらんのだ。人には勘違いということがある。お

富も見間違ったのではないか、その辺のところを確かめたいのだ」

それでも反発しようと一歩前に出た久兵衛より早く、

「あたい、見間違ってなんかないもん」

お富はむきになって言い立てた。久兵衛は苦虫を嚙んだような顔になって、

「旦那、お富を信じてやってくださいよ。真壁さんは、うちを贔屓にしてくださって
いましたからね、見間違えることはありませんや」

「夕暮れ時であったはずだ。逢魔稲荷の小路は一段と薄暗く、見通しが悪いぞ」

「それにしたって、真壁さんを見間違えるはず、ありません」

久兵衛は繰り返した。

矢作が言葉を止めたのを見て、

「お富、お使いに行ってきておくれ。大根がないんだ」

久兵衛がお富に言葉をかけた。

「わかった」

お富はお使いに出た。

「邪魔したな」

矢作は右手を挙げ、天狗屋を出た。なんとも後味が悪い。

「さて、どうしたものか」

矢作は空を見上げた。

しかし、いい方策は思い浮かばない。

ひょっとして、お富は真壁をひどく嫌うか憎む気持ちを抱いているのではないだろうか。

真壁は、お富が逢魔稲荷から天狗が出て来たと言うのを聞いて、ひどくなじった。酒に酔っていたとはいえ、お富の心を深く傷つけたのかもしれない。酔うと説教癖のある真壁はしつこく絡んだのだろう。

殴られ屋をやっていた真壁に、

「あたい、嘘つきじゃないもん」

と、お富が叫んだのは天狗を見たことを否定された怒りの声であったということか。

お富が真壁に嫌悪感を抱いていたとしても、殺しの罪で陥れることはあるまい。お富だって殺しの証言の重要さはわかっているはずだ。だとすれば、お富の証言は本当ということだろうか。

想像に想像を重ねても意味がないし、真実から遠ざかってしまうだけだ。

殺された方、高利貸しの菊次郎についてはどうだろう。お富は菊次郎のことを知っていたのだろうか。菊次郎は天狗屋で飲み食いをしたことがあったのだろうか。

菊次郎、とかく評判の悪い高利貸しであった。菊次郎が死んで喜ぶ者は少なくあるまい。菊次郎を殺したいと思っていた者もいたに違いない。

すると、真壁が殺したのであろうか。

矢作の探索も袋小路に行き当たってしまったようだ。

店の前から離れようとしたところへ、大根を抱えたお富が戻って来た。矢作を避けるように横をすり抜ける。

「お富」

矢作が呼び止めるとお富は立ち止まりはしたが、振り向かない。

「一緒に現場に行ってくれないか。なあ、丁度、今頃だろう」

矢作が夕空を見上げる。

先ほどまで空を覆っていた雲が切れ、日輪が差していた。

「嫌です」

前を向いたままお富は拒絶した。

「そう、言わず、頼む」

矢作は頼み込んだ。

「しつこいですよ」

お富は声を大きくした。

「しつこいのは性分でな。お陰で八丁堀同心が務まっておる」

尚も矢作が頼むと、

「嫌ですったら」

ここでお富は振り返った。

その顔は憤怒の形相と化している。

「いいから、来い」

思わず矢作はお富の腕を摑んだ。

「きゃあ、助けて！」

お富の悲鳴が響き、大根が地べたに落ちた。

二

「行くぞ」

矢作はお富の手を引っ張った。お富は引きずられ、顔を歪ませながら叫び続ける。

周囲を行く者たちが道の両端に避けた。娘を引っ張って行くのが八丁堀同心とあって好奇と怖れを抱く者はいるが、不審がる者はない。

すると、

「青木さん、青木さん、助けて」

お富は助けを求めた。

源太郎は青木を伴い、天狗屋へ向かった。青木のくすぶっている不安を解消しようと、

「お白洲でお富にしっかりと証言してもらわなければならない。お富がぐらついては、真壁の罪が立証できなくなるからな」

源太郎が言うと、

「はい……、そうですね」

一旦は了承したものの、

「ですが、お富に負担を強《し》いるようで、すまないような気が……」

弱気なことを言い出してしまった。

「おまえが揺れてどうする」

頼りない見習いの尻を叩くように源太郎は言った。

「わかりました。では、一緒に行っていただけませんか」

青木に頼まれ、この頼りない見習いに多少の腹は立てつつも、これも先輩としての役目だと自分に言い聞かせて同道することを承知した。


二人は両国方面へと歩き、やがて、天狗屋が近づいた。

「もうすぐです」

青木が言ったところで、

「きゃあ！」

耳をつんざく娘の悲鳴が二人の耳に飛び込んできた。

源太郎が周囲を見回したところで、

「お富……」

青木は呟いた。

次いで源太郎が、

「義兄上……」

と、目を見張った。

お富が青木に気付き、

「青木さん、青木さん、助けて」

と、叫び立てた。

青木より先に源太郎が走った。

源太郎は矢作の前に立った。

「なんだ、源太郎か。邪魔だ、退《の》け」

矢作に源太郎は押し退けられた。

「ちょっと、待ってくださいよ。その娘、お富でしょう」

源太郎が声をかけると矢作は源太郎を見返した。その拍子にお富は矢作の手を振り解《ほど》いた。そこへ青木がやって来た。

「お富、どうしたんだ」

青木はお富と矢作を交互に見た。

「この旦那が無理やり、あたいのこと、殺しの現場へと連れて行こうとして。あたいが嘘つきだって……」

お富は訴えかけた。

「義兄上、どういうことです。やりすぎですよ。菊次郎殺しは北町で担当しているんですからね。横車を押すのはやめてください」

後輩のため、源太郎は言い立てた。

「だから、おれはおれで真壁氏のために探索をしておるのだ。何も北町の邪魔立てをしておるわけではない。真実を追い求めているってわけだ」

矢作は言い募った。

「ものは言いようですが、義兄上の思い込みなのではないですか。青木からも聞きましたが、義兄上が真壁という浪人を無実だと思うのは、義兄上が真壁に好意を抱いているからでしょう」

源太郎に反論され、

「それもある」

「それしかないのでは」

「いや、そうではない。おれは北町の仮牢に入れられた真壁氏と言葉を交わした。真壁氏は殺しを否定した」

「そりゃ、濡れ衣を主張するのは当たり前でしょう」

「おれは、真壁氏の言葉には真実を感じた。これは八丁堀同心としての勘だ」

「義兄上の勘を否定するものではありませんが、探索は事実の積み重ねです。事実が積み重なった先に真実があるのです」

自分でも、歯が浮くようなまっとうなことを言ってしまった。目の端に、青木が生《き》まじめな顔でうなずくのが見えた。

「立派だ。さすがは蔵間源之助の息子だ。まさしく、おまえの言う通りだ。ならば、事実の積み重ねに赴《おもむ》こうではないか」

矢作は言った。

源太郎が首を傾げたところで、

「お富に現場を見させたいのだ。菊次郎が殺されたのは、今時分のことだからな」

矢作はお富を見た。

「嫌だ」

お富は強く抗《あらが》い、青木にすがるような目を向けてきた。

「しかし、現場にはわたしもお富と立ち会ったのです。お富の証言を聞いたのはわたしです。わたしがお富に代わって、ご案内しましょう」

おずおずと青木が申し出た。

「お前では駄目だ。お富本人でなければ意味がない」

矢作が言い返すと、

「何遍見たって、同じことだもん」

尚もお富は拒絶した。

矢作が更に反論しようとしたところで、

「いや、お白洲を前に証言を固めた方がいい。そのためにも現場に行くぞ。お富、頼む」

源太郎が言った。

「決まりだな」

矢作はお富を促した。源太郎は青木を目で促した。

「お富、すまんが、もう一度だけ立ち会ってくれ」

青木が頼み込んだ。

「わかりましたよ。でも、ほんとにこれっきりですからね」

不承不承、お富は承知をした。

矢作と源太郎は先に立って現場まで向かった。お富は青木に付き添われるようにして歩いて行った。

やがて、菊次郎が殺された小路に至った。

夕陽が差し込み、ぼうっと茜が滲んだような情景が広がっている。家が建ち並び、今は人通りはまばらである。どんつきにある逢魔稲荷にも人気《ひとけ》はなかった。

「なるほど、逢魔が忍び寄りそうだな」

矢作が言ったように、稲荷が逢魔稲荷と言われている通りの情景が広がっていた。

「おい、見習い」

矢作が手招きをした。

「はい」

おずおずと返事をして青木は矢作の前に立った。

「おまえ、菊次郎の役をやれ」

矢作に言われ、

「わかりました」

青木は強く首を縦に振った。

「源太郎は下手人だ」

矢作は真壁とは言わなかった。

「承知しました」

源太郎が応じたところで、

「では、お富、菊次郎と下手人はどの辺りにいたのか教えてくれ」

お富に向いた。

お富は往来を見回した。

「ええっと、あの辺りですよ」

お富は往来の真ん中を指差した。

「あの辺りではわからん。そこに立ってみてくれ」

矢作に言われ、お富は歩き出し、やがて、天水桶の前で立ち止まった。

「ここです」

お富は立ち止まって言った。

矢作は源太郎と青木を促した。二人はお富の傍《そば》に立った。

「じゃあ、お富、おまえはどこに居たんだ。居たところに立ってくれ」

矢作が言うと、お富は源太郎と青木から離れた。それからふらふらと彷徨《さまよ》うように歩き、矢作の前を通り過ぎた。

それから立ち止まり、源太郎と青木を見た。

「そこからなんだな」

矢作が言うとお富はうなずいた。矢作はお富の横に立った。

「下手人はどうやって菊次郎を斬ったんだ」

矢作が問いかけると、

「ええっと」

お富はあれこれと思案を始めた。

源太郎は刀を抜いた。途端に、

「待て、源太郎、お富の話を聞いてからにしろ」

矢作は言った。

「わかりました」

源太郎は刀を鞘に戻した。

「お富、下手人はどのようにして菊次郎を斬ったんだ」

矢作はお富に尋ねる。

「ええっと」

お富は説明しようとしたが、言葉が出て来ない。

「何か揉め事をしていたのじゃないのか。言い争う様子はなかったか」

矢作が問いを重ねる。

「それは、あったかも」

お富はうなずく。

「どんな言葉を交わされたんだ」

矢作が突っ込む。

三

「言葉までは覚えていませんよ」

お富は身をよじらせた。

「ならば、様子はどうだった。下手人が菊次郎を斬ったとすれば、借金のことで揉めたからということだ。そうであるのなら、言い争っていたと思うがな。そして、言い争いの挙句《あげく》に下手人は刀を抜いたという成行きではなかったか」

矢作が問いかけると、

「あたいは、ここを通りかかっただけですもの。立ち聞きをしていたわけじゃないもん。どんな話をしていたかなんて、わかんない」

小路の入り口を通った時に、お富はふと立ち止まったのだそうだ。

「菊次郎っておじさんの悲鳴を聞いたんですよ。で、逢魔稲荷の方を見たら、丁度斬られるところだったの」

「つまり、下手人が菊次郎を斬った瞬間を見たということだな」

矢作が確かめると、

「そう」

お富は手庇《てびさし》を作った。

矢作も視線を向ける。矢作も思わず手を頭上に翳《かざ》した。夕陽が眩しく目に染み、源太郎と青木の姿は影絵のように揺れている。

「お富」

静かに矢作は問いかけた。

お富は手庇を作ったままこちらを見た。

「当日もこのようであったのだな」

問いかけにお富は答えない。

「ま、よい」

矢作はうなずくと、

「もう、いいぞ」

源太郎と青木に声をかけた。源太郎と青木はぽかんとしていたが、

「まだ、何もしておりませんよ」

源太郎が不満そうに問いかけてきた。

「ああ、もういい」

矢作が返すと、

「得心がいきましたか」

源太郎は安心したように言った。

「ああ、納得したよ」

矢作は言うと、

「お富、すまなかったな」

お富の頭を撫でた。

お富は面白くなさそうに口を閉ざし、歩き出した。

「義兄上、これで、真壁が下手人だと納得してくれたわけですね」

源太郎が確かめると、

「いや、これで、真壁氏が殺したことに更なる疑念が生じたというわけだ」

晴れ晴れとした顔で矢作は返した。

「どういうことですよ」

源太郎が言い、青木も不安そうに視線を彷徨わせた。

「見てみろ」

矢作は二人に稲荷の方を向かせた。

二人はまぶしそうに目をしばたたいた。それから、

「なるほど、眩しくて、人の顔はよくわかりませんね。でも、背格好で真壁だとわかるのではありませんか。真壁は天狗屋の常連だったのですから」

源太郎が反論すると、

「顔はわからなかったはずだ。真壁氏と同じくらいの背格好をした浪人の仕業《しわざ》かもしれぬではないか」

矢作の反論に、

「そう、言えなくもありませんがそれだけで、真壁が下手人ではないということの決め手にはなりませんよ」

源太郎は言った。

源太郎の傍らで青木がおろおろとしている。

「だが、他に下手人がいたかもしれないということは示唆されたわけだ。だから、お

れは探索を続ける」

　きっぱりと矢作は宣言した。

「しかし……」

　源太郎は躊躇を示した。

「おい、見習い」

　矢作に声をかけられ、青木はどぎまぎとしながらも顔を向けた。

「聞き込みはしたのか」

　矢作が問いかけると、

「いえ……、それは……」

「お富一人の証言で真壁氏を下手人に挙げて、探索を終えたのだな」

　矢作はちらっと源太郎を見た。源太郎は、

「聞き込みをするまでもないという状況であったのです」

　青木を庇った。

「迂闊だとは言わんが、今からでも聞き込みをした方がいいのではないか」

　矢作の言葉を、

「いや、それはできません」

源太郎は拒絶した。

「北町の面子《メンツ》か」

矢作は鼻で笑った。

源太郎は口をへの字にひき結んだ。

「まだ、お裁きがくだされたわけではない。今からでも遅くはないぞ。いや、聞き込みをすべきだ。お富の証言が崩れたら、万が一、真壁氏の仕業であったとしても、罪に問うことはできなくなる。さすれば、北町の大きな落ち度だ。真壁氏を下手人と信じているのなら、尚更、証《あかし》を固めるべきではないのか」

矢作は強く勧めた。

源太郎の目が大きくしばたたかれた。

「わたしのことなら、気遣わないでください。聞き込みをしなかったのはわたしの落ち度です。聞き込みをやらせてください」

青木が源太郎に頼んだ。

源太郎は青木を見返す。

矢作が、

「見習いの初手柄がどうなるかと危ぶんでいるのか。だとしたら、間違っているぞ。

やってもいない罪人を捕縛したところで手柄であるはずがない」

「やります。聞き込みをやります」

もう一度強い口調で青木は言った。

「そうだな、やるか」

源太郎も吹っ切れたように言った。

「なら、おれも探索を続ける」

矢作は足早に立ち去った。


源太郎と青木は現場周辺の聞き込みを行った。一人ずつ手分けをした方が効率がいいのだが、青木の未熟さを思うと、一人きりで任せられない。

青木と共に周辺の家に向かった。

目についたのは茶店である。

「御免！　御用である」

いきなり、青木は女中に向かって高圧的な声を発した。女中は萎縮している。

「御用である。神妙に答えよ」

八丁堀同心に詰問され、女中は目を伏せた。

「ここで、高利貸しの菊次郎が殺された時、何か怪しい者を見かけなかったか」

青木が問いかけると、

「申し訳ございません、あいにくと」

しどろもどろとなって女中は答えた。とても萎縮をして、まともな答えなどできそうにない。源太郎が青木に代わって、

「いきなり、すまぬな。思い出せないかもしれんが、ちょっとだけ、付き合ってくれ」

柔らかな物腰で問いかけた。

「は、はい。でも、本当に怪しい人など、見かけなかったのです」

女中は申し訳なさそうに答えた。

「いや、怪しいと限らなくともよいのだ。見かけた者たちについて思い出してくれぬか」

噛んで含めるようにして源太郎は問いかけた。

「そうですね」

女中は思案をした。

「行商人とか、物売りとか通りかからなかったか」

源太郎は問いかける。

「そういえば、薬の行商さんが通りましたね」

「侍はどうだ」

源太郎は聞く。

「お侍さまですか……」

女中は首を捻った。

源太郎は穏やかな笑みを浮かべたまま、女中が思い出すまで辛抱強く待ち続けた。

青木が苛立ち始める。源太郎は諌《いさ》めるようにして軽く咳《せき》をした。青木ははっとした。

女中が、

「そういえば、お侍が一人、逢魔稲荷の方に歩いて行かれましたね」

「どのような侍だった。羽織とか袴であったのか」

「いえ、浪人のような感じでしたよ」

「背格好はどのようであったかな」

「そうですね」

女中が思い出したところでは、真壁仁三郎と同じくらいの背丈であった。

「すまぬな」

源太郎が言うと、

「あの、下手人、捕まったんですよね」

「そうだがな、まだ、はっきりとはしておらんのだ」

「そうですか、物騒ですね。この辺は逢魔稲荷のお陰で、怖いって評判が立ってしまっていますから、おまけに人が殺されて、益々、人が寄り付かなくなるんじゃないかって、そりゃもう心配ですよ」

女中は早く下手人を捕まえてくれと頼み込んだ。

「必ず捕まえる。安心して商いができるように致すぞ」

源太郎は声をかけてから踵《きびす》を返した。

「わたしはなっていませんね。空回りをしています」

反省しきりと青木はなった。

「続けていくうちに慣れるさ」

源太郎は青木の肩を叩いた。

二人は菊次郎が金を貸していた相手から話を聞くことにした。

# 四

それから三日が過ぎた二十四日の朝、源之助は定信の隠居屋敷に出向こうと、北町奉行所の両御組姓名掛に出仕した。

閑職とあって、奉行所の建屋内にはなく、土蔵の一つを間借りしている。三方の壁には与力、同心の名簿が並べられた棚があり、板敷に畳を横に二畳並べて、文机が置いてあるだけの殺風景さだ。

天窓から見える空は雨模様だ。屋根を打つ雨音と火鉢のやかんが湯気を立てる音が静寂を際立たせていた。

すると、案内もなく松平定信と桃井主水介がやって来た。もっとも、定信はこれまでにも何度か訪ねて来たことがある。影御用の依頼であったり、進捗状況の確認のためであるが、町奉行所の仕事に対する興味もあるようだ。

もちろんお忍びでの訪問で、町奉行所の役目に口出しするようなことはない。奉行所内では誰もかつての老中首座、将軍後見役松平越中守《えっちゅうのかみ》定信だと思う者はいない。源之助が個人的に懇意にしている、どこかの隠居旗本であるとしか見ていない。

「いつもながらむさ苦しい所で、恐縮でございます」

源之助が詫びると、

「なんの、むしろこういう所の方がくつろげるものじゃ。のう、桃井」

定信は桃井に声をかけた。桃井は曖昧に言葉を濁した。源之助も誉められているのか、けなされているのか判断がつきかねたが、

「畏れ入ります」

と、頭を下げておいた。

定信は顎を掻いてから、

「して、林崎のこと、記憶を失くし、いかに対応すればよいかのう。桃井は藩邸に連れ込み、罪を認めようとなかろうと処罰すればよいと強く主張しておるのじゃがな」

「林崎を助け、診療所を手伝わせている野々宮宗庵という老医師、林崎を白河藩邸に連れて行くこと、断じて許さずと息巻いております」

源之助は野々宮との話の経緯を語った。桃井が血相を変え、

「こうなっては、やはり我ら忠道組で、多少手荒な真似をしても、林崎を召し捕るべきと存じます」

「まあ、そう、いきり立つな」

定信が宥めると、

「では……、大殿さま、せっかく北町までやって来たのです。大殿さまから町奉行さまに捕物出役《しゅつやく》の要請をされてはいかがでございましょう」

桃井は定信に向いた。

「当家のいざこざに、江戸の治安を任される町奉行所を動かすことはできん」

定信はきっぱりと拒絶した。

「それではやはり、何度も申しますが忠道組で……」

「だから、それも、江戸の市井《しせい》を騒がすことになるではないか。よくよく考えてから物を申せ」

厳しい口調で定信は戒《いまし》めた。桃井は唇を嚙み目をむいて、

「それでは、いかにするのですか。このまま林崎を見逃すのですか」

「見逃すというのではない。ただ、蔵間からの報告によると、林崎はよき医者ぶりだそうじゃ。江戸の町人どもの役に立っておる。記憶を失くしたゆえ、改心というには抵抗があるが、その林崎の献身ぶりを思うと、かつての林崎は死んだと考えてもよいのではないか」

定信の考えに、

「今の林崎はあくまで両国道倒として扱うということでございますな」

源之助は返した。

定信がうなずいたところで、

「それは、いかにもひどい」

桃井は悔しそうだ。

「致し方ないとは申さぬが」

定信も考えあぐねている。

「それでは、紀代殿が報われませんぞ」

桃井は言った。

元々、林崎が乱心して大谷幸之介を斬ったのは紀代に拒絶されたためであった。

「紀代殿は自分のせいで大谷さまが斬られたと責任を感じています」

桃井が言うと、

「それは気の毒ではあるがな」

定信も目をしばたたいた。

「大殿さま、拙者、藩邸に戻り藩を去ること願い出ます。拙者だけではなく忠道組十五名も藩を抜けまする」

桃井は定信に向かって両手をついた。定信は軽く舌打ちをし、

「藩を離れ、浪人となって林崎を斬るつもりか」

「おおせの通りにございます」

強い決意を示すように桃井は両目をかっと見開いた。

「考え直せ」

冷めた口調で定信は却下した。

「それはできません」

桃井は言い募った。

すると、定信は口元を緩め、

「そなたに林崎が斬れるか」

と、問いかけた。

それは桃井の胸にぐさりと突き刺さったようだ。源之助の脳裏に桃井の一撃を見事に素手で受け止めた林崎の姿が蘇《よみがえ》った。桃井も同様のようで、自分の両手をじっと見つめた。

「どうじゃ」

定信は問いかけた。

「斬ります。なんとしてでも」

桃井は目を大きくむいた。

「闇討ちにでもするか。どこかで待ち伏せ、背後から襲うか」

定信が言った。

「いえ、そのような卑怯な真似は」

桃井の声がしぼんでゆく。

「卑怯な真似をすること、当家を離れたとしても当家の沽券《こけん》に関わるようなことはするな」

強い口調で命ずる。

「正々堂々、林崎に勝負を挑みます」

悲壮な顔で桃井は告げた。

「果し合いを挑むか。それでは、林崎に勝てまいて」

定信が言ったところで、源之助は、

「大谷さまのご子息はどうされておられるのですか。ご子息が林崎を仇《かたき》として討つことはできませぬか。さすれば、白河藩の方々も助太刀という名目で加わることができましょう」

これには桃井が、

「あいにくと、ご子息一之輔《いちのすけ》殿はまだ十歳のご幼少なのだ。我らで助太刀をしてもよいのだが」

奥歯に物が挟まったような物言いとなった。

「助太刀が加われば」

源之助が問いを重ねると、

「紀代殿が承知をしない。いや、実は紀代殿が自分が仇討ちをしたいと、藩庁に願い出ておるのだ」

桃井が言った。

「紀代殿は武芸を学んでおられるのでござるか」

源之助の問いかけに、

「薙刀《なぎなた》を学んでおる。なかなかの腕だ」

桃井は答えた。

「ならば、仇討ちを許可されればよいではござりませぬか」

源之助の問いかけに、

「あくまで、林崎を罪人として処罰したい藩の事情があって、仇討ち願いは却下し、代わって桃井が遣わされたということじゃ」

　定信が答えた。

「そういうことですか」

　源之助は呟いた。

「しかし、紀代殿は納得せず、江戸の藩邸にやって来て、殿直々に仇討ち許可を求めておられる」

　首を左右に振って桃井は嘆いた。

「紀代、なかなかの女傑じゃ」

　定信は笑った。

　すると、

「御免くださりませ」

　女の声が聞こえた。

「はい」

　源之助が返事をすると、引き戸が開けられた。雨の中、蛇《じゃ》の目傘《めがさ》を差した女が立っている。

「紀代殿」

桃井が声を上げた。

噂をすれば影、予想外の紀代の来訪に戸惑いながらも、

「どうぞ、お入りください」

源之助は紀代を招き入れた。丁寧にお辞儀をし、紀代は傘を閉じて戸口に立てかけた。次いで、紫の御高祖頭巾《おこそずきん》を脱いだ。歳の頃、二十歳前後であろうか。紫地に菊を描いた裾模様の小袖が似合っていた。色が白く女性にしては長身で、整った面差しと姿勢の良さが上品なたたずまいを醸《かも》し出している。白鶴のような優美さだ。

林崎宗次ならずとも妻に迎えたいであろうと源之助は思った。

紀代は入って来ると、定信に両手をつき、

「こちらに桃井殿がおられると聞き、参りましたが、思いもかけず大殿さまもおられるとは、まさしく亡き父の引き合わせだと存じます」

鷹揚にうなずくと定信は、

「達者そうで何よりじゃな」

次いで桃井が、

「ここに来られたのは林崎宗次のことについて知りたいからでござろうな」

「それもあります。ですが、是非とも仇討ちの認可を大殿さまにお許しいただきたく

参上致しました」

紀代は訴えた。

桃井が、

「仇討ち認可のこと、国許の藩庁にて断られたではありませぬか」

「それは、林崎が藩の罪人として裁かれたからです。しかし、まんまと逃げられてしまい、未だ捕縛に至っておらぬのですから、改めて」

紀代は桃井をなじるようにきつい目を向けた。なるほど、定信が言うように紀代は女傑だ。

五

「大殿さま、何卒《なにとぞ》、お許しください」

紀代は再び訴えかけた。

定信は困ったように顔をしかめ、

「それがのう」

と、源之助を見やった。

源之助は紀代に向き、

「北町の蔵間源之助と申します。楽翁さまのご依頼で桃井殿と、林崎宗次の所在を確かめました」

「蔵間殿のことは耳にしております。敏腕の町方同心でいらっしゃるとか。林崎の所在も蔵間殿のお陰で見つけ出すことができたのですね」

「勝手知ったる江戸の盛り場ゆえ、探り当てることができました。では、林崎が記憶を失くしておることもご存じですか」

「聞きました。林崎は白河藩士であったことも父を斬ったことも覚えていないそうですね」

「その通りです」

「まこと、口惜しきことです。己の罪を忘れ、罪の意識にさいなまれることもなく、のうのうと暮らしておるのです」

「のうのうとではございません。こんなことを申しては紀代殿にあっては不愉快と存じますが、林崎は医者として江戸の町人たちの役に立っております」

「そのことも耳にしました。ですが、それで父を斬ったことを償えるものではありません。いえ、償うという意識すら林崎にはないのでしょう」

悔しそうに紀代は目を伏せた。長い睫毛《まつげ》が揺れた。

それから源之助に向き、

「藩で処罰ができないのでしたら、わたくしが裁きを与えます。わたくしが林崎を討ちます」

紀代は決意を語った。

「紀代……」

持て余したように定信が顔をしかめる。紀代は定信に向き直り、

「実を申しますと、わたくしは林崎が仮病を使っているのではないかと疑っております」

「ほう、何故じゃ」

定信が問い返した。

「桃井殿の刃を素手で受け止めたとか」

桃井は紀代に視線を向けられ、恥じ入るようにして目を伏せた。

「それがいかがした」

再度定信に訊かれ、

「林崎はわたくしにその技を得意そうに見せたことがあるのです。柳生《やぎゅう》新陰《しんかげ》流《りゅう》にあ

る無刀取りという技だそうですね。林崎が廻国修行をして、柳生新陰流の道場に立ち寄った際に習得したのだとか」

大谷の屋敷の庭で何人かの男に木刀で打ちかからせ、林崎は無刀取りをやってみせたのだとか。

源之助が、

「しかし、剣客のさがとしまして、武芸は身体で覚えておるものです。それは頭の中の記憶とは別に身体の記憶、身体に染み付いたものではござりませんか。たとえば、林崎に限らず、記憶を失くした者の話を聞いたことがございます。みな、記憶は失くしておりますが、たとえば箸の使い方などは覚えておるものです」

「なるほどそうかもしれません。ですが、無刀取りは林崎が意識して会得したものです。わたくしは林崎がまったく記憶を失くしたとは信じられませぬ」

「紀代、いささか勘繰りすぎじゃぞ」

諭すように定信が言うと、

「確かめとうございます」

許可を求めるように、紀代は定信に向かって頭を下げた。

「林崎に会いに行くと申すか」

「はい、この目でしかと確かめたいと存じます」

しっかりと紀代は答えた。

桃井が、

「拙者のことも林崎は覚えておらなかったのですぞ」

「桃井殿の目を誤魔化《ごまか》したのかもしれません。林崎はよき医者というお面を被って江戸の市井に埋没しておる気なのかもしれません」

紀代はあくまで疑っている。

「困ったものじゃな」

定信は腕を組んだ。

「蔵間殿、林崎の診療所をお教えください」

紀代は源之助を見た。

「では、ご案内致しましょう」

源之助は紀代を見返した。

定信が、

「そうじゃな。蔵間に案内してもらうのがよい。林崎に会うがよかろう。その上で、紀代が納得すればそれでよいのだ」

定信の言葉を受け、

「蔵間殿、よろしくお願い致します」

紀代は両手をついた。

すかさず、

「拙者も同道致しましょう」

桃井も申し出たが、

「それはなりません。桃井殿が会えば、警戒心を林崎に抱かせます」

紀代は拒絶した。

「そうじゃな、桃井は行かぬ方がよい」

定信が紀代に賛成したため桃井は引き下がった。改めて定信は紀代に視線を預け、

「それで、紀代、林崎が仮病であったらなんとする」

「その場で仕留めます」

紀代は帯に仕舞った懐剣を取り出した。

「いかにもそなたらしいが、それはならぬ。患者に迷惑がかかる。それにな、そなたの腕で仕留められる林崎ではないぞ」

「わかっております。冗談でございます。わたくしとて、そのような身勝手な振る舞

いをしては、藩に迷惑がかかること、よくわかっております」

紀代は微笑《ほほえ》んだ。

「まったく、そなたには参るな。男勝りなことよ」

定信が苦笑を漏らすと、

「よく、父からそなたは男に生まれればよかったと言われておりました」

紀代は言った。

「蔵間、このようなじゃじゃ馬であるが、よろしく頼む」

定信に視線を向けられ、

「承知致しました」

正直、源之助は荷が重くなった。


奉行所を出る頃には、幸いにして雨は上がり、鈍色《にびいろ》の空が広がっていた。

「よしなに」

紀代は源之助にお辞儀をした。

「駕籠《かご》を使われてはいかがでしょうか」

源之助の勧めを、

「それは辞めておきます。女乗り物に乗っては、わたくしが女であることの意識を抜け出すことができません。わたくしが女のままであっては、林崎の心の底を見抜くことができません」

紀代は毅然と断った。

なるほど、女傑だ。

「それから、蔵間殿、わたくしを女だと思ってゆるゆると歩を進めぬようにしてくださ い」

「承知しました」

源之助が答えたところで紀代は紫の高祖頭巾を被った。


半時後、薬研堀にある林崎宗次の診療所へとやって来た。本日は林崎が診療しているとあってか、大勢の患者が待合にいた。紀代が苛立つのではないかと危ぶんだが、

「なるほど、林崎、評判のよきことはまことのようですね」

落ち着いた様子で紀代は待合を見回し、嫌がる素振りも見せずに順番を待った。

待つ間、紀代は患者たちのやり取りに耳を傾けていた。患者たちが林崎を褒め称えることにも不快がることはなく、にこやかな笑みすらたたえ、聞き入っていた。

時折、

「まこと、別人のようでございますね」

などと、囁くように源之助に語りかけてきた。源之助も患者たちの耳目《じもく》を気にかけながら、

「国許では粗野な振る舞いがあったとか」

「そんな悪評がありました。もっともわたくしの前では特に乱暴に振る舞うことはございませんでした」

「一方で、算術を学んだり、学問に熱心であったとか。医術も学んでおったのでしょうか」

「林崎は藩の上士に対して対抗意識がありました。上士たちが学ばない算術や算盤、医術を積極的に学んでおったと父から聞いたことがございます」

紀代は冷めた口調で言った。

「負けず嫌いなのですな」

「ですから、わたくしとの縁談が破綻になったことも許すことができなかったのでしょう。自分は平士ゆえに、差別をされていると思ったのだと思います」

「しかし、今の林崎が患者を分け隔てることなく接しているのは、心の奥底に差別さ

れたことへの嫌な思いがあるからかもしれませんな」

源之助の考えに、

「そうかもしれませぬ」

冷めた口調で紀代は賛成した。

六

やがて、紀代の順番になった。

「では、行ってまいります」

紀代は言い置いて診療の間へと入って行った。

「失礼致します」

紀代は林崎の前に座った。林崎は書き物が一段落してから紀代を見た。紀代も両目をしっかりと見開き林崎を見返した。

林崎は平生な表情のまま、

「いかがされましたか」

と、尋ねた。

紀代は、

「血の道の病でございます」

と、言った。

「失礼ですが、脈を拝見」

林崎は手を伸ばした。紀代は林崎に脈を調べられながら、

「先生、以前にお会いしたこと、ございませぬか」

と、問いかけた。

林崎はきょとんとして、

「さて、覚えておりませぬが……。あ、いや、これはその、わたしに落ち度がありましてな、わたしは自分の半生を覚えていないのです。もしかして、過去にお会いしたかもしれませんな」

申し訳なさそうに林崎は言った。

「わたくし、紀代と申します」

探りを入れるように、紀代は言った。

「紀代……殿、で、すか」

林崎は実感がわかないようだ。

「覚えがございませんか」

紀代はじっと見つめた。

「わたしは、白河藩におったようなのですが、紀代殿も白河藩所縁《ゆかり》のお方ですか」

林崎は言った。

「父は大谷幸之介と申しました」

「大谷殿……」

林崎の目元が緊張を帯びた。

それから、

「先だって訪ねて来られた、白河藩の方から、わたしが大谷という御仁を斬ったと聞きました」

林崎は言った。

「その通りです」

「では、紀代殿にとってはわたしはお父上の仇ということですな」

「はい」

「仇討ちに来られたのか」

「仇討ちを願っております。ですが、その前に林崎殿、わが父に対して謝ってくだされ」

「それはやぶさかではないが、謝るということに気持ちが籠《こも》っていなければ何もならぬもの。意味がないのではございませぬかな」

「おっしゃる通りです。しかし、覚えておらぬからといって自分の罪までもなかったことと水に流すのはいかがでございましょう」

紀代は半身を向けた。

「責められても仕方ありません。ならば、いっそのこと、ここで討たれましょうか」

林崎は紀代を見据えた。

「その覚悟はあるのですね」

「記憶を失くしたということは、一度、死んだと思っております。死に対しての覚悟はできておるつもりです」

林崎の口調には驕《おご》りも気負いもない。

「わかりました。では、お覚悟くだされ」

「ここでよいのですか。ここでわたしを討てば紀代殿に災いが及びますぞ」

「それはわたくしも覚悟しております」

紀代は言った。

「そうですか。では」

林崎は目を閉じた。

すると、

「やめよ」

野太い声が聞こえ、野々宮宗庵が入って来た。

「先生」

林崎は頭を下げた。

紀代も軽く一礼をしてから、

「野々宮先生とお見受けします」

「いかにも」

野々宮はよっこらしょと腰を下ろした。それから紀代を向き、

「悪いが話は聞いた」

「では、話は早いですね。林崎宗次は父の仇です」

躊躇《ためら》うことなく紀代は言った。

「ここに、林崎宗次などという男はおらぬ」

野々宮は右手をひらひらと振った。

「先生がおっしゃりたいことはわかります。ですが、わたしにとりましてはまごうかたなき父の仇なのです」

「道倒は生まれ変わったのじゃ。最早《もはや》、白河藩とは関わりない」

「だから、忘れろとおっしゃるのですか」

紀代の端正な面差しが歪んだ。

「そうじゃ」

「それは身勝手です」

「身勝手でも、忘れてもらいたい」

「できませぬ」

紀代は歯を食い縛った。

「ではそなたが仇討ちをしたからと申して、お父上が生き返るのでござるのか」

「それはそうですが、そんなことを申せば、この世に罪などはなくなります」

紀代が強い口調になったところで、

「わたしは構いません。わたしをお父上の仇と思われるのでしたら、どうぞ、仇討ちをなさってください」

林崎は言った。

「馬鹿なことを申すな」

野々宮が制する。

「いや、わたしの覚悟はできております」

抗う林崎に、

「そなただけの身体ではないことを考えろ」

「考えた上で、申しておるのです」

林崎は懇願した。

野々宮は紀代を向いた。

「どうか、お引き取りいただきたい。この者は大勢の者に慕われ、かつ、必要な人である。そのことをそなたもよくわかっておるはず。今のこの者を憎む道理があろうか」

切々と野々宮は説いた。

「そのことはわかるのです」

紀代は苦悩を滲ませた。

「そなたも苦しいのであろうが、今日のところは、この老体に免じて帰ってはくれぬか」

野々宮は懇願した。

「できません」

紀代は首を左右に振る。

「頼む」

野々宮は頭を下げた。

「できませぬ」

紀代は拒む。

しばらく、紀代と野々宮の睨み合いが続いた。

堪《たま》り兼《か》ねたように林崎が、

「先生、これ以上の迷惑はかけられません。わたしは、診療所を出てゆきます」

「馬鹿な、それは許さぬ。断じて許さぬぞ」

凄い形相で言う。

紀代は苦悩を深めた。

「では、わしを殺せ」

野々宮は言った。

「そんな」

紀代は躊躇いを示す。

「さあ、殺せ」

野々宮は両手を広げた。

「先生、おやめください」

林崎が言う。

「わしは本気じゃ」

野々宮は引かない。

紀代はじっと、林崎を見たまま動かない。

「先生、ここは、わたしと紀代殿で話し合いを持ちたいと思います」

林崎が言った。

野々宮は躊躇《ためら》うように黙り込んだ。

「お願い致します」

林崎は強く頼んだ。

「ならば、わしはいなくなるが、これだけは約束してくれ。この場を血で汚すな。よいな」

野々宮の言葉を、

「わかりました」

と、紀代は真摯《しんし》な眼差しで受け止めた。

野々宮が診療の間から出て行ってから、改めて紀代は林崎に向き直った。林崎を見つめ、

「宗次さま」

万感の思いが籠った声音を発すると、林崎の胸にしなだれかかった。

「あ、いや……」

戸惑いながら身を仰《の》け反《ぞ》らせた林崎の背中に紀代は両手を回し、

「宗次さま、ご無事で何よりでございました」

と、頬を林崎の胸に押し当てた。林崎は両手で紀代の肩を掴み、やんわりと身体を離した。

二人はしばし見つめあっていたが、

「紀代殿……、まこと紀代殿でございますな」

林崎が問いかけると紀代は満面に笑みを広げ、しっかりと首を縦に振った。

# 第三章　しくじりの連鎖

## 一

待合に戻って来た紀代を源之助は迎えた。紀代の顔は緊張を帯びている。無言で促し、診療所の外に出た。

診療所を出ると紀代は唇を硬く閉ざし、源之助などいないかのようにさっさと歩いて行く。林崎との面談の様子を聞きたいのだが取り付く島がない。

しばし、無言で歩いてからふと紀代は立ち止まって源之助を振り向いた。

「どこかで、お話を」

紀代の求めに応じて蕎麦でも食べますかと問い返したところ、食欲はないと否定された。

源之助は周囲を見回し、

「では、あの茶店で」

次いで、

「あの茶店は奥に小座敷がありまして、他人に話を聞かれる心配はありません」

と、付け加えた。

納得したように紀代はうなずくと源之助について茶店に入った。茶店の主人に小座敷を使うことを伝えると快く通された。

茶と蓬《よもぎ》団子を頼む。

茶と蓬団子が運ばれるまで紀代は口を閉ざしていた。茶と蓬団子が揃ったところで、

「林崎に会ってまいりました」

紀代は口を開いた。

源之助は茶には手をつけず、両手を膝に置いた。

「林崎は別人のようでした」

「紀代殿の目からご覧になっても記憶を失くしたこと、嘘偽りではなかったのでございますな」

源之助の問いかけに、

「おそらくは……」

紀代にしては曖昧な答だ。面と向かってやり取りをしても判断がつかなかったということだろうか。

「それで……、いかがされますか。やはり、お父上の仇として林崎を討たれますか」

源之助は静かに問いかけた。

「父の仇は必ず討ちたいと存じます」

「林崎に果し合いを申し込むのですな」

「林崎ではございません」

意外な答えを返され、

「林崎でないと……」

はっとなって源之助は問い返した。

「父の仇は林崎宗次ではありません。桃井主水介でございます」

毅然と紀代は答えた。

「なんと、それは一体……、どういうことでございますか」

さすがに戸惑ってしまった。記憶を失っているはずの林崎との面談で何を摑んだというのか。

「驚かれるのも無理ございませぬね」

と、前置きをしてから紀代は林崎との面談の様子を語った。

「すると、記憶を取り戻された林崎殿はしかと桃井殿が下手人《げしゅにん》だと申されたのですな」

林崎のことを呼び捨てにはできなくなってしまった。

「桃井殿が探索方を買って出たのは、己《おの》が罪状を林崎殿に着せるためです」

紀代は目を尖《とが》らせ、怒りを露《あら》わにした。

「しかし、桃井殿は林崎殿が記憶を失くしたこと、確信したようですぞ」

「桃井は疑い深い男でございます。林崎殿がまこと記憶を失っているのか、いないのか、それを見定め、たとえ、まことに記憶を失っていたとしても、いつ記憶が蘇《よみがえ》るかもしれないという不安から、なんとしても林崎殿を殺《あや》めたいのです」

紀代は言った。

「なるほど」

正直、半信半疑である。父を斬殺され、仇討ちを願う紀代が嘘を語るとは思いたくはないが、鵜呑《うの》みにはできない。

「蔵間殿にこのことを打ち明けるのは、蔵間殿を信頼してのことでございます。大殿さまも信頼を寄せておられるお方でございますゆえ……。信じていただけぬかもしれませんが、わたくしは決して嘘偽りを申してはおりませぬ」

紀代の睫毛が揺れ、真摯に訴えかける余り、目が潤《うる》んだ。

「楽翁さまがわたしを信頼してくださるのはいささか買い被りと申すものですが、決してこのこと、他言致しません」

力強く返すと、紀代の顔に安堵の色が浮かんだ。

「それで、紀代殿、わたしに打ち明けて、これからいかがされますか」

「蔵間殿に桃井の罪状を明らかにして欲しいのです」

「お気持ちはわかりますが、お父上殺害の一件の真相を暴くというのは、この江戸にあっては困難ですな」

下手《へた》に期待を抱かせるのはよくないと、源之助は本音《ほんね》を伝えた。紀代は黙り込んだ。眉間に影が差し、安堵で柔らかになった顔が再び険《けわ》しくなる。

「一つ、お聞かせください」

改めて問いかける。

紀代は落ち着いた表情で見返す。

「桃井殿によりますと、お父上が林崎殿に殺害されたのは、公金横領が発覚したことに加え、紀代殿を嫁にしたいという林崎殿の申し出を拒まれたからとか……」

紀代は静かに首を横に振り、

「わたくしは拒んでなどおりません」

「ならば、林崎殿の妻になること、嫌ではなかったのですな」

「わたくしはむしろ望んでおりました。父が承知しなかったのです。父は身分低き林崎殿に嫁《とつ》ぐことに反対だったのです。反対の理由はそればかりではありません。林崎殿は算術と算盤に優れておりました。従って、帳簿の不備を見つけ、そのことを的確に指摘しておられたのです。それで、父は林崎殿のことを煙たがっておりました。もし、わたくしが林崎殿の妻となれば、林崎殿は更に藩の勘定について口を挟むと警戒しておったのです」

「拒んでおられたのは、紀代殿ではなく、お父上であったのですね」

源之助が念押しすると紀代は、「はい」と首肯《しゅこう》し、

「それに、父はわたくしをいずれかの上士に嫁がせようとしておりました。そして、その上士こそが桃井主水介、かねてより桃井はわたくしに邪《よこしま》な目を向けておりました」

「では、桃井殿がお父上を殺したのはいかなるわけでござるか。紀代殿が嫁となるこ

と、お父上は拒むどころか、賛同しておられたのでございましょう」

「これ以上申し上げることはわたくしの想像になります。もう少し、頭の中で様々なことを整理させてください。できましたら、わたくしだけではなく、林崎殿の話も一緒に聞いていただくのがよろしいかと存じます。わたくしだけの話ではわたくしの独りよがりとなってしまいますし、話に真実味が薄いと思われるかもしれません。是非、林崎殿と一緒の場に蔵間殿、いらしてくださいませぬか」

「わかりました。お伺いします。いずれにお伺いすればよろしいか」

「今宵、八丁堀のお屋敷にお伺いしてよろしゅうございますか」

林崎と一緒のところを万が一でも見られたくはないのだろう。

「承知しました」

源之助は受け入れた。


半時後、紀代は外桜田《そとさくらだ》にある白河藩上屋敷に戻った。裏門の潜り戸から身を入れると、待ちかねたように桃井が門番の詰めている番所から出て来た。

「林崎、いかがでござった」

桃井は絡みつくような目を向けてきた。

「林崎宗次、まこと、何も覚えておりませんでした」

「紀代殿の目から見ても記憶を失われているということ、仮病ではないということですな。では、仇討ちはいかがされますか。林崎を罪に問えぬからには、仇討ちで仕留める以外にお父上の無念は晴らせませぬ。いや、お父上の無念ということで申せば仇討ちが順当ですな」

桃井は納得したようだ。

「大殿さまと殿に、改めて仇討ちの許可を求めることになります」

乾いた口調で紀代は言った。

「拙者からも口添えをしたいと存じます」

桃井の申し出に紀代は軽く頭を下げてから、

「ところで、桃井殿、藩の金蔵のお金と帳簿上の残高が合わないと父が漏らしておったのですが、お心当たりございませぬか」

紀代の問いかけは桃井の虚《きょ》をついたらしく、桃井は目を彷徨《さまよ》わせたが、

「あ、いや、そういうこともあったようですが、今ではちゃんとしておりますぞ。あ、そうだ、お父上から聞いておられませんか。林崎は藩の公金を横領し、遊興に費やしておったのです。金が合わなかったのも林崎の仕業《しわざ》ということです。まこと、極

悪非道の男ですな、林崎は」

取り繕ったためか桃井は早口に捲《ま》くし立てた。それから薄笑いを浮かべ嘘を補うかのような言葉を並べ始めた。

「お父上からお聞き及びの通り、帳簿と金蔵の金が合わないことがありました。額にして五十両から百両の間といったところでしたが、林崎の仕業であったのです。何しろ、林崎は藩から逐電する際、二百両もの金を横領して出て行ったのですからな」

「なるほど、林崎の仕業ですか。それにしては、林崎宗次、そのような大金を持っている風には見えませんでした」

「林崎を助けたという医者が林崎から奪い取ったのではござらぬか」

「あり得ないことではありませんね」

紀代は納得したようにうなずき、それではと立ち去ろうとした。すると、

「紀代殿」

野太い声で桃井が止める。

「なんでございましょう」

「このような時に申すものではござらぬが、お父上の仇討ちが成就した暁にはかねてよりの夫婦約束のこと、あ、いや、婚儀はお父上の一周忌を済ませてからとは思って

おりますが、まずは結納《ゆいのう》でも……」

探るように紀代を見た。

「桃井殿、今は婚儀のことなど考えるゆとりがございませぬ」

紀代は冷たく言い放った。

「あ、いや、そうですな」

ばつが悪そうに桃井は頭を掻いた。

「わたくしが返り討ちに遭わぬとも限らぬことでございます」

「そのように不吉なことを申されますな。心配には及びませぬ。我らが助太刀を致す。いかに林崎が武芸の達人であろうと、多勢に無勢では太刀打ちできますまい」

励ますように桃井は言った。

「やはり、大勢でないと林崎一人に立ち向かえないのですね」

紀代は冷笑を浮かべた。

二

その晩、源之助は八丁堀の組屋敷に紀代と林崎の訪問を受けた。

「夜分、畏れ入ります」

林崎は挨拶をした。初めて源之助と会った時よりも心なしか目には親しみの色が浮かんでいる。紀代も夜分の訪問を詫びた。妻の久恵《ひさえ》が茶を淹《い》れてから居間を立ち去った。

「紀代殿から窺ったのですが、道倒先生、いや、林崎殿、記憶が戻られたとか」

源之助の言葉に、

「まだ、おぼろげではありますが」

林崎は診療所で桃井から一太刀浴びせられたことがきっかけであったと言い添えた。あの時、源之助は林崎に異変が起きたのではと疑ったが、的中していたようだ。八丁堀同心としての勘が衰えていないことで気分が良くなった。

「それで、段々と己が何者か。己の半生がどのようなものであったのか、どうして、江戸にやって来たのかが影絵のようではありますが、思い出されたのでござる」

「野々宮先生にはそのこと、申されたか」

源之助の問いかけに、

「申しました」

「野々宮先生はいかに申されましたか」

「まず、先生はわたしの記憶が戻ったことを喜んでくれました。これまでにも先生はわたしの記憶を蘇らせようと、様々な治療を施してくれていたのです」

「ほう、どのような治療ですか」

横道にそれると思ったが、源之助は強い好奇心を抱いた。

「わたしが倒れていた時の様子を再現するのですな……」

「具体的にはどのようなことを野々宮先生はなさったのですか」

「それは……。ま、それはともかく」

曖昧に言葉を濁し、林崎は語ろうとはしなかった。語りたくない治療法のようだ。

源之助もそれ以上問うことはやめ、

「すみません。話の腰を折ってしまいましたな。それで、記憶が蘇ったこと野々宮先生は喜んでくださり、今後はどのようにせよと申されましたか」

「自分が元白河藩士林崎宗次だとわかったとしても、このまま両国道倒として生きてゆくことだ、と申されました。その方が町人の役に立つし、林崎宗次に戻れば白河藩との間でいざこざが生じ、罪人として処罰されかねない。よって記憶が戻らぬまま、両国道倒として暮らすべきであると、説かれました」

林崎もそれで納得をしたのだそうだ。すなわち、林崎宗次は死に、両国道倒として江戸の市井《しせい》に溶け込むことを決意したのだ。

源之助は紀代に視線を向けた。

「わたくしは、桃井の罪状を明らかにすべきだと思います」

いかにも紀代らしい強い意志が感じられた。

「その気持ちに変わりはござりませぬか」

源之助が確かめると、

「変わらないどころか、益々決意を固く致しました」

紀代は桃井から結納を迫られたことを語った。

「桃井は宗次さまに公金横領の罪と父殺しの罪をなすりつけたのでございます。そのような輩《やから》を見過ごしにはできません」

「お気持ちはわかりました。では、林崎殿より、大谷さま殺害の経緯をお聞かせください」

源之助が問いかける。

「わかりました」

林崎はうなずくと、大谷殺害の晩のことを語り始めた。

大谷幸之介の屋敷で宴が催された。

大谷の屋敷は勘定所を兼ねていた。

その日、林崎は帳簿と金蔵の金が合わないことを大谷に報告した。この日が初めてではない。そのたびに大谷は苦い顔をするばかりで、具体的な対策を取ろうとはしない。事が表沙汰になることを恐れていたのだ。帳簿と実際の金が合わないとなれば、責任は勘定吟味役たる大谷が負わねばならないからだ。幸い、藩の台所を揺るがすような大金ではない。

年貢を取り立て、金に換える際に帳尻を合わせようと考えていたようだ。一方林崎は少額のうちに原因を突き止め、手当てをしておかないと大事に至ると主張していた。意見を異にする部下を大谷は避けるようになった。

宴席で林崎は大谷に自分の考えをぶつけた。大谷は露骨に嫌な顔をして、林崎を退けた。林崎は不承不承、一人宴席の輪を離れて飲んでいた。

そこへ、

「桃井殿がやって来たのでござる」

その時のことを思い出すように林崎は天井を見上げた。

「桃井殿の御用向きは」

源之助の問いかけに、

「桃井殿は金蔵の金と帳簿上の金が合わないという噂があるが実際のところどうなのだとわたしに質《ただ》しました。わたしは、夢中になって語りました。桃井殿も問題を先延ばしにするのは由々しきことだと賛同してくれたのです」

林崎は同士を得た思いであったそうだ。

「それから桃井殿はわたしに紀代殿のことを尋ねました。わたしは酔った勢いもあり、大谷さまへの不満もあり、桃井殿に紀代殿と夫婦約束をしたことを話しました。しかし、大谷さまからの許しは得られないことも正直に話しました」

「その時、桃井殿の様子はいかがでしたか」

「その時は酔いが回ったのだと思っておりましたが、今になってみれば、桃井殿の顔はわたしへの悪しき気持ちで歪んでおったと存じます」

ここで紀代が、

「おそらくは、その時、桃井は父を殺害し、公金横領の罪を揉み消そうと企んだに違いありません」

憎憎しげな目で源之助に言い添えた。

林崎が、

「わたしは宴席に大谷さまがいらっしゃらないことに気づきました。桃井殿もおられず、わたしは用部屋に行きました。妙に頭が冴えてしまい、帳簿を徹底して調べようと思い立ったのです。用部屋に近づくと灯りが灯っておりました。覗くと大谷さまがお一人で帳簿を調べておられました」

「やはり、大谷さまも林崎殿の指摘を無視できなくなられたのですな」

「そのようでした。わたしは、大谷さまに意見具申をすべく、用部屋に入ったのです」

大谷は林崎の闖入《ちんにゅう》に戸惑った様子であったが、林崎の説明に耳を傾けた。話を聞き終え、帳簿を見返し、林崎が指摘した使途不明金発生の日付を確かめると、

「桃井と忠道組の仕業じゃな」

と、呟いた。

すると、そこへ茶が運ばれて来た。紀代がまだ仕事を続ける林崎と大谷のため、酔い覚ましに持って行くよう女中に命じたのだそうだ。

すかさず、

「わたくしはお茶を持って行けなどと言った覚えはありません」

紀代が割り込んだ。

源之助がうなずくと、

「わたしは愚かにも紀代殿の気遣いと信じて茶を飲みました。すると、しばらくして酔いが覚めるどころか、眠くなってきたのです。茶の中に眠り薬が盛られていたのだと思います」

「桃井殿の仕業であるとお考えですな」

「そうに違いありません。眠りから覚めますと、濃厚な血の臭いがしました。はっとして起き上がると、大谷さまが血の海の中に突っ伏しておられたのです」

その時の情景が思い出されたのか林崎は悲痛な表情となり、紀代も悲しみと悔しさに襲われたのか、きっと唇を嚙んだ。

「驚きと共に大谷さまを抱き起こしたところで、桃井殿が忠道組のみなさん方とやって来られました。そして、現場を見るなり、わたしが大谷さまを殺したと大きな声で糾弾されたのです」

忠道組の面々によって林崎は取り押さえられた。

「濡れ衣だと申されなかったのですか」

源之助が問いかけると、

「勿論のこと、わたしは裁きの場、吟味の場できちんと無実を訴えるつもりでおりました。大谷さまを殺してなどいないこと、そして、藩の金蔵から金が失われていること」

ところが、吟味をすることもなく林崎が大谷を殺したこと、大谷を殺した理由は公金横領を責められたこと、紀代を嫁にもらいたいとの申し出を断られたことを逆恨みしてのことだと藩庁は判断した。桃井と忠道組の讒言《ざんげん》によるものだった。忠道組の中には林崎が大谷を斬るところを見たと証言する者もいた。

国許《くにもと》で忠道組は財政の改革を推進する者たちとして上層部からの信頼が篤《あつ》かったため、証言は疑いもなく採用されてしまった。

林崎はろくな吟味をされることなく、

「切腹すらも許されませんでした。打ち首に処せられることになったのです」

林崎は悄然とし、自分が罠に落ちたことを悟った。そこで、刑場まで運ばれる時、護送される者の隙をついて脱走した。

「一路、江戸を目指しました。江戸に出て、藩邸の殿、あるいは隠居屋敷の大殿さまに訴えようと考えたのです」

林崎は道中、路銀を稼ぐため、

「独学で学んだ医術を駆使し、行く先々で病人、怪我人を治療して銭を稼ぎました。

すると、妙なもので、治療に当たった者たちから感謝の言葉をかけられますと、なんだか、本当に医者になったような心持ちとなったのです」

「その気持ちはわかるような気がします」

源之助に理解されて林崎はうれしそうに頰を綻《ほころ》ばせ、

「それで、江戸に近づく頃には医者の格好をし、薬箱も手に入れておったのです」


林崎が弥生《やよい》の中頃、江戸にやって来て、その晩のことだった。

「それが、驚いたことに、両国の界隈を歩いておったところ、逢魔稲荷と称される稲荷に参拝し、鳥居を出たところで何者かに殴られたのです」

「殴った相手は何者ですか。まさか、桃井殿ではございませんな」

「いいえ、それはないと思います。ただ、わたしも迂闊《うかつ》であったのです。江戸に来て、旅の疲れと医者に成りきっていたことが、武芸者の勘を鈍らせたのかもしれません」

「相手の面相は」

「それが、天狗の面を被っていたのです」

「天狗の面を……」

源之助は天狗の面を被った男が林崎を殴打する光景を思い描いた。

「侍でしたか、それとも町人」

「はっきりとは思い出せません。夕暮れ時、まさしく逢魔が時でしたし、背後からとあって、見定めておりません」

林崎はその場に昏倒してしまった。

「それから記憶が途切れてしまったということですな」

源太郎の言葉に林崎はうなずいた。

「その者は物盗りであったのでしょうな」

「おそらくはそうだったと思います。財布が失くなっておりました」

林崎は言った。

「そこへ、野々宮先生が通りかかり、助けてくださったというわけですね」

源之助は言った。

紀代が、

「わたくしは宗次さまが父を殺したのでもなければ、公金に手をつけるはずもないこと、信じておりました」

紀代は何度も藩庁にきちんと吟味をするように訴えかけた。ところが、藩庁は紀代の訴えを聞き届けることはなかったそうだ。

「そのことが逆に、わたくしにとりましては、宗次さまの無実を確信させることになったのでございます」

いかにも紀代らしい。

「そのうちに宗次さまが、脱走したことを耳にしました。わたくしには、きっと宗次さまが己の潔白を晴らしたいと考えての行動に違いないとわかったのです」

紀代は林崎を見た。

三

紀代は林崎の無実を確信して自分も林崎の無実を晴らそうとした。そのうちに江戸にいるらしいとの噂を耳にした。

「わたくしは仇討ち願いを藩庁に出しました。仇討ちをする名目で宗次さまに会おうと思ったのです」

紀代はその願いであったが、桃井は林崎をあくまで藩の重罪人として処罰すべきだと主張し、自らが探索方となって江戸に向かったのだった。

「話はよくわかりました。では、桃井殿が真の下手人であることを明らかにすればよろしいのですね」

　源之助が問いかけると、

「蔵間殿、どうか、お手を貸してください」

　紀代は両手をついた。

「お願い致す」

　林崎も頭を下げた。

「わたしでできることならやってみますが……ところで、林崎殿は無実を晴らすことができましたら、藩に帰参なさるおつもりですか」

「それでは、野々宮先生の恩に報いることはできません。わたしは、自分の潔白さえ明らかにできれば、あの診療所を手伝い、患者たちの治療に当たるつもりです」

　紀代は黙って聞いていた。

「ともかく、今後の方策を立てなければなりませんな」

「殿と大殿さまに訴えることも考えたのですが、国許で吟味が終わった事件でございますから、それはどうかと……」

　紀代の懸念を引き取り、

「それに林崎殿は逃亡したと見なされておりますからな」

源之助も賛同した。

「桃井の悪事を明らかにするしかありません」

思い詰めたように林崎は腹から絞り出した。

「それでは、いかにするか。桃井にぼろを出させるのが一番だと思いますな」

源之助が返すと、

「ぼろを出させるとは……」

紀代は思案を始めた。

「時は容赦なく過ぎゆくもの。桃井もわたしがいつ記憶を蘇らせるのか不安を抱えて生きていくことになります。ですから、桃井も江戸にいる間に決着をつけたいはず」

林崎が言うと、

「しかし、楽翁さまから乱暴なことはするなと釘を刺されています。だから、桃井殿は紀代殿の仇討ちに便乗して林崎殿の息の根を止めようと考えておるのでしょう」

源之助の考えに対し、

「では、殿や大殿さまにお願いしまして、仇討ち願いは取り下げてもらいます」

紀代は言った。

「それも一案でありましょうが、桃井のこと、それで手を引くでしょうか。忠道組の方々も江戸に結集しておられるのでござりましょう。仇討ちへの助太刀という格好の名目が立つのですから、紀代殿が仇討ち許可の願い下げを申されたとしましても、素直に通るかどうか。なんのかんのと理由をつけて、紀代殿を仇討ちへとおいやるのではござりませぬか」

源之助は危ぶんだ。

「やれるだけのことはやってみます」

他に手立ては思い浮かばないと紀代は言い添えた。

そこへ玄関で、

「失礼します」

という声がした。

「京次《きょうじ》か」

源之助が呟いたように、岡っ引の歌舞伎《かぶき》の京次であった。

「では、我らはそろそろ」

林崎が腰を浮かしたところで、

「しばし、お待ちください。林崎殿を殴った下手人、探索したくはありませんか」

源之助は引き止めた。

「お金なら、わたしはもう諦めております」

林崎は言ったが、

「まあ、そう、おっしゃらず」

源之助は二人を待たせてから、廊下に出て、

「京次、上がれ」

と、声をかけた。

歌舞伎の京次という二つ名が示すように元は中村座《なかむらざ》で役者修業をしていたが、性質《たち》の悪い客と喧嘩沙汰を起こし、役者をやめた。源之助が取り調べに当たった。口達者で人当たりがよく、肝《きも》も据《す》わっている京次を気に入り岡っ引修業をさせ、今では、「歌舞伎の親分」と慕われ、一角《ひとかど》の十手持ちとなっている。

京次は廊下を歩いて来て、

「夜分、すいません。お客がいらしているんでしょう。よろしいんですか」

「かまわん」

入れと居間に招き入れた。

源之助はお互いを紹介してから、

「源太郎が見習いの面倒を見ているから、おまえ、暇を持て余しておるのだろう」

源之助に言われ、

「お見通しの通りですよ。でもって、蔵間さまのことですから、そろそろ影御用を担っておられるんじゃないかって思いましてね。こうしてやって来たって、次第で」

京次は頭を掻いた。

「よい勘をしておるな。実はな、丁度、おまえの手を借りたい一件があるのだ」

源之助は林崎が遭遇した、傷害の一件について説明をした。

「わかりました、聞き込みをやりますよ」

京次は生き生きとして引き受けた。

「では、よろしくお願いします」

林崎は言い、紀代と出て行った。

まだ日は落ちていない。

紀代は気丈にもまた、一人で帰ると言って白河藩邸へと向かって歩を進めた。


「源太郎、見習いの面倒をちゃんと見ているか」

源之助はこのところ、源太郎と顔を合わせることがなく、気になってしまった。

「そりゃもう源太郎さまのことですからね、実に懇切丁寧に指導をしておられますよ」

京次は言った。

「今、町廻りをやっておるのだろうが、何か事件にでも遭遇しておるのか」

「それがですね」

京次は言葉を止めた。

「なんだ、どうした」

「それが、その事件には矢作さまも関わっていらっしゃるのですよ」

困ったように京次は顔をしかめた。

「矢作が……。ということは南北町奉行所双方に跨《また》がる大事件なのか」

驚いて源之助が確かめると、

「それがそうでもないんですよ。ごうつくばりと評判の高利貸し菊次郎が殺された一件なんですがね」

「なんだ、そんな大それた殺しではないではないか」

正直、拍子抜けをしてしまった。

「ですから、すぐに下手人は挙げられたんです。こう言っちゃあなんですが、見習いの青木さまが挙げたくらいの一件です。それであっさりと落着するはずだったんです」

「下手人は菊次郎から借金をしている者か」

「そうなんですよ。浪人です」

京次は答えてから名前を思い出そうとしたが思い出せなかった。

「それで、どうして矢作が絡んでくるのだ」

源之助の問いかけで京次は浪人の名前を思い出すことを諦め、

「下手人に挙げられた浪人と矢作さまは懇意にしていらしたそうなんですよ。浪人の人となりをよくご存知だそうで、借金のために人を殺《あや》めるような御仁《ごじん》ではないって、浪人の濡れ衣を晴らすんだって、北町まで乗り込んでいらしたんだそうですよ」

「矢作らしいな」

源之助は苦笑を漏らした。

「困ったもんで……。あっさりと落着するはずだった殺しなんですがね」

「それで、探索はどうなったのだ」

「矢作さまの要請で源太郎さまも青木さまも事件を見直すことになりましてね、それで、目下《もっか》、聞き込みからやり直していらっしゃいますよ」

京次は言った。

「矢作兵庫助という男、無茶なことをするが決して無謀ではない。だから、あいつが浪人の無実を確信しているからには、勘もあろうが、何か根拠があるはずだ」

源之助の言葉に京次は表情を引き締めた。

「蔵間さま、これはひょっとして、単純な殺しじゃないかもしれませんね」

「それとも、あまりにも簡単に下手人として浪人を捕縛してしまったのではないか。見習いらしく、夢中になる余り、自分の思い込みでな」

源之助が危ぶむと、

「どうなんでしょうね」

京次は判断がつかず、首を捻《ひね》った。

「源太郎が聞き込みをし直すことからやり始めたということは、その可能性があるな。つくづく、思い込みで探索をやっては危ないと教えてくれるものだな」

源之助は自分を戒《いまし》めるように言った。

「まったくですね」

京次も妙に真顔で答えた。

「矢作が信用するような浪人、どのような男か気になるな。もう、小伝馬町の牢屋敷に移されたのかな」

「まだ、北町の仮牢に留め置かれているんじゃないですかね」

「明日にでも、どんな男が見定めてやるか。いや、わたしが絡《から》むとややこしくなるか」

源之助は苦笑を漏らした。

「でも、このままじゃ我慢できないんじゃありませんか。源太郎さんと矢作さまが関わっている殺しとなりゃ、どうしたって、ご自分も探索に当たりたいのではありませんか」

「まあ、それはそうだが、ここは我慢のしどころだな」

源之助は腕を組んだ。

「なら、あっしは、林崎さまを殴った一件、聞き込みをしてきますぜ」

「頼むぞ」

源之助は京次を見返した。

四

源太郎と青木は茶店の女中から聞き出した侍の行方を追っているが、未だ確認できずにいる。

神無月の晦日《みそか》となり、同心詰所で筆頭同心牧村新之助と今後の探索について談合に及んだ。

「矢作が言っているように、真壁の仕業ということに疑念が生じてきたのだな」

考え考え、新之助は言った。

「矢作殿が指摘したように、殺しがあった現場は夕陽が差しておりました。菊次郎と下手人の姿はおぼろげであったと思われます。お富の目撃証言が曖昧になったのですから、真壁が下手人ということも、必然的に怪しくなってきます」

源太郎から説明を受け、

「話はわかった。真壁が下手人であることの決め手はお富の証言と真壁が菊次郎から二分の借金をしていること。お富の証言を見直す必要があり、菊次郎から借金をしている者は当然真壁だけではないことと併わせて考えれば、探索の見直しが求められる。それにしても、周囲の聞き込みを怠っていたとは迂闊であったぞ」

新之助に叱責され青木はしゅんとなった。初手柄と喜んでいたのが一転、大きな失策となるかもしれないのだ。

「申し訳ございません。わたしの指導が至りませんでした」

源太郎が青木に代わって詫びた。

「源太郎も初心に戻ることだな」

新之助の言葉を重く受け止め、源太郎は深く頭を垂れた。それから、菊次郎の家から押収した帳面を見せ、

「菊次郎から借金をしている者たちです。このうち、侍といいますと、真壁の他には」

と、源太郎は五人の侍を挙げた。

「現場近くの茶店の女中の証言によりますと、一人の侍が逢魔稲荷に入って行くところが目撃されております」

次いで言葉を添えると、新之助はうなずいた。

「それで、五人には当たったのか」

新之助の問いかけに、

「五人のうち、四人は御家人で毎月、きちんと返済をしております。借りた金も一両未満です。それぞれ、当たりましたが菊次郎が殺された日時、現場から離れた所にいることが確認されました」

「残るは浪人か」

「浪人には確認が取れていません。薬研堀の裏長屋に住んでいるのですが、何度か訪ねてみましたがいずれも不在でした。長屋の連中に聞き込みをしましたところ、浪人、永沢栄次郎《ながさわえいじろう》は近所の評判が悪いこと、この上ありません。昼まで寝ていて酒を飲み、日が落ちると出かけて行くとのこと」

「暮らしはすさんでいるのだな。夕方から出かけるということは、賭場に出入りしているのかもしれんぞ」

新之助が言うと、

「そうかもしれません。菊次郎はもぐりの高利貸し、まともな借金をできない者が借りにきます。とくに貸すのは賭場です」

源太郎は言った。

「賭場の近くで網を張り、負けた者に金を貸すことをやっていたようです」

青木が報告した。

「すると、やはり永沢栄次郎が怪しいということになるな」

「それと、逢魔稲荷です。逢魔稲荷に賭場が立っているのじゃありませんかね」

源太郎の考えに、

「その可能性はあるな。探ってみろ」

「神社ですが構わないですか」

「なんだ、源太郎らしくもない。真壁が下手人だということが揺らいで、弱気になっているな。いいか、十手を振りかざして乗り込むのはよくないが、近くまで来て、お参りするというのであれば構わんじゃないか」

新之助は言った。

「承知しました」

源太郎は青木を見た。青木も目を輝かせた。

「では、菊次郎殺しの下手人が捕まるよう願《がん》をかけてきますよ」

源太郎は言った。

次いで、

「では、真壁仁三郎は解き放つのですか」

「いや、そこまでは考えていない。まだ、時期尚早だ。小伝馬町の牢屋敷に送ることはないが、仮牢には留めおこう。それよりも、おまえたち」

新之助はここで言葉を区切った。目が険しくなっている。

源太郎も青木も背筋をぴんと伸ばした。

一呼吸置いた新之助は、

「矢作に先を越されるな」

野太いがしっかりとした口調で命じた。

「はい」

源太郎が力強く返事をすると、青木も両の拳を握り締めた。

新之助はうなずき、

「矢作はたとえ自分が真の下手人を挙げても南町の手柄にはしないと申しておる。だがな、手柄うんぬんのことではない。これは北町の沽券《こけん》に関わることだ」

と、声を大きくした。

「わかりました」

源太郎も義兄には負けたくないという個人的な思いを強くした。勇み立つ、源太郎と新之助の横で青木はうなだれている。

「どうした。しっかりしろ」

源太郎が青木の背中を叩くと、

「わたしのせいで北町と南町が争うことになり、申し訳なく思います」

青木はうなだれた。

新之助が、

「争いではない。競うのだ。役目において争うことは障害となるが、競い合いはよき効果をもたらすのだ」

「そういうものですか」

青木はうなずいた。


源太郎と青木は夕暮れ時、永沢が住む長屋の前で張り込みを行った。両国西広小路からほど近い豊島町《としまちょう》の一角だ。

秋は去り、初冬を迎えている。かじかまないよう両の掌《てのひら》を開けたり閉じたりしながら、油断なく永沢が住む長屋の木戸に注意を払った。

やがて、永沢が家からのっそりと出て来た。顔中髭《ひげ》に覆われたむさ苦しい面体《めんてい》の男である。

懐手《ふところで》になって、背中を丸め柳原《やなぎわら》通りに向かって歩いて行く。

「逢魔稲荷へ行くのですかね」

青木が囁《ささや》く。

「わからん。とにかく、見失わないようにな」

源太郎は永沢と間合いを取った。青木は見失うまいとして肩に力が入り、目が吊りあがっている。

「おい、そんな風では永沢に気取られるぞ」

源太郎は青木を戒《いまし》めた。

「はあ……、ですがどのようにすればよろしいのですか。余所見《よそみ》をすると、見失います。今日は蔵間さんと一緒ですからいいですが、一人でつけるにはどうすればよいのですか」

青木は首を捻った。

「相手の足を見ながらつけるのだ」

源太郎は答えた。

「足でございますか」

「背中や後頭部に視線を定めると、相手が突如振り返った時に視線が交わり、こちらが慌てて視線をそらしても間に合わない。不審を抱かれ、相手はその場から遁走《とんそう》するだろう。その点、足を見ていれば、相手がこちらを見ても、視線が交わることがないため、怪しまれることはない」

丁寧に源太郎が教えると、

「なるほど、それは道理でございますね。いやあ、よくわかりました」

青木は素直に受け止め、永沢の足元に視線を定めて歩き始めた。

「明日は雨かもな」

源太郎が世間話をしかけても、

「まこと、雨かもしれません」

などと応じるようになった。

永沢は人気《ひとけ》が少なくなった柳原通りを進むと、土手を上がった。

源太郎と青木も土手を登った。枯草混じりの下生えに足を取られながらも土手の上まで上がる。眼下に神田川《かんだがわ》が見下ろせた。水面《みなも》は茜《あかね》に染まり、憂愁を帯びている。

土手の上に植えられた柳の枝が寒風に揺れ、そよそよと葉ずれの音が聞こえる。柳の木陰からぬっと女が数人出て来た。夜鷹《よたか》たちである。これから、商売をするところだ。

永沢は夜鷹たちに、

「おい、今日の分だ」

と、声をかける。

「まったくさ、商売の前に取ることはないだろう」

夜鷹から不満の声が上がったが、

「いいから、出せ」

永沢は強引に銭を取り立てた。

源太郎と青木は柳の木陰に身を潜めた。

「夜鷹たちの用心棒をやっているようだな」

源太郎の言葉に青木はうなずく。

耳をすませると、

「毎晩じゃないからいいだろう」

永沢が言った。

「永沢の旦那はいい加減なんだよ。博打《ばくち》の銭がなくなると、用心棒に来るんだからね」

夜鷹が言うと、

「そう言うな。前はやくざ者にしょば代を払っていたんだろう。おれの方がずっと安いんだからな」

「そりゃ、毎晩じゃないからさ」

夜鷹は呆れたように言った。

永沢は銭を受け取ると、柳の根元に腰を据え、徳利の酒を飲み始めた。

「さあ、商売だ」

一人が言うと、夜鷹たちは客引きにいそしんだ。

「今夜は永沢はここから動くまい」

源太郎は言った。

# 五

「どうしますか」

青木に聞かれ、

「まだ明るいな。よし、逢魔稲荷を参拝するか」

源太郎が言うと、

「わかりました」

答えてから青木は自分の声の大きさに慌てて口を手で塞いだ。幸い、永沢には気付かれなかった。

源太郎と青木は逢魔稲荷へとやって来た。

鳥居を潜ると、大きな樫《かし》の木があり、大きな影を落としている。神主はおらず、町内の者たちが交代で掃除をしたり、祠《ほこら》の御神酒《おみき》を替えたりしているそうだ。

　鳥居からは想像できなかったが、予想外に奥の深い境内であった。ともかく、手水舎《ちょうずしゃ》で手を清め、祠の前に置いてある賽銭箱の前に並んで立つと柏手《かしわで》を打った。

　青木は大真面目に願をかけている。

　参拝を終えると、源太郎は青木と共に、祠の背後に回った。小さな本殿があったが、人気《ひとけ》はない。賭場が立つとしたらあそこだろうと見当をつけておいてから、竹林の中に身を潜めた。冬眠をしようとする蝮《まむし》に用心しながら息を殺す。

　待つこと半時余り、夜風が身に沁みるようになってから、ぽつぽつと男たちが鳥居を潜って入って来た。店者風、職人風、あるいは行商人らしき者たちでいずれも町人である。

　賽銭を入れ、

「どうか、勝ちますように」

　と、祈願する者もいれば、素通りする者もいた。いずれも祠を過ぎ、奥へと向かって行く。

「やはり、本殿ですね」

青木が言った。

「そのようだな」

源太郎もうなずき、竹林の中を移動した。

本殿を見通すことができる。

男たちが階《きざはし》から本殿に入って行った。四半時ほどしてから、蔀戸《しとみど》が閉じられた。

高床式の本殿のため、源太郎と青木は身を屈《かが》めながら本殿の床下に潜んだ。

程なくして、

「丁《ちょう》」

「半《はん》」

という声が漏れ聞こえてきた。

「やっぱり賭場になっていますね。踏み込みますか」

青木は意気込んだ。

「いや、永沢との関係が知りたいところだな」

「どうしますか」

「摘発するにはこんな稲荷でも、寺社奉行さまの認可が必要だ。それに、賭場摘発が今回の目的ではない」

「では、どうしましょうか」

「竹林に身を潜めて、賭場から出て来た者から話を聞こう」

源太郎は足音を忍ばせ、ゆっくりと床下を出た。青木も続く。二人は竹林に再び身を潜ませた。

すると、青木の腹の虫が鳴った。

「申し訳ございません」

青木は詫びたが、

「何か腹に入れてくればよかったな」

源太郎はむしろ反省をした。

それから、待つこと半時してから、男が二人出て来た。半纏に腹掛けという格好からして大工のようだ。源太郎は青木を促し、大工二人の後を追った。

「棟梁《とうりよう》、今日もついてませんね」

若い男が語りかけた。

「やられちまったな。こんな時は菊次郎がいりゃあな、銭を回してもらうんだけど」

「でも、それでまた深みに嵌《はま》ってしまいますよ」

鳥居から出たところで、若い男がお先にと言い残して足早に過ぎ去った。

棟梁が一人となったところで、

「おい」

源太郎が声をかけた。

大工は振り返り二人を八丁堀同心と見て、驚きの表情を浮かべた。

「ちょっと、話を聞かせてくれ」

源太郎は十手を翳《かざ》した。

「な、なんですかい」

大工は警戒心丸出しとなった。

「その稲荷の賭場についてだ」

源太郎が言うと、

「賭場って、あっしゃ、そんなところ知りませんや」

大工はかぶりを振った。

「警戒しなくてもいい。賭場を摘発しようというわけではないのだ。おまえのこともお縄になんぞしない。安心してくれ」

やんわりと告げると大工はおっかなびっくりうなずいた。

「さっき、耳にしたのだが、菊次郎から銭を借りると申したな」

源太郎が問いかけると、

「ええ、まあ、もぐりの金貸しなんですがね」

大工は答えた。

「この前殺された金貸しだな」

「そうです。旦那、まさか、あっしが殺したってお疑いなんじゃないでしょうね」

大工は随分と早合点な男のようだ。

「違う、違う」

源太郎は手を左右に振った。

大工がそれでもおどおどとしている。

「菊次郎、この賭場に出入りしている客たちに銭を貸していたんだな」

「そうですよ」

「どれくらいだ」

「まあ、人によりますけど、この賭場は大した客はいませんからね。今月になって開かれたんですがね、まあ、この界隈の町人が楽しみにやっているだけですんで、勝った負けたって言っても、精々、一分あるかどうかってとこです。菊次郎は百文単位で貸してくれましたよ」

大工は安心したのか舌が滑らかになった。

「借金のために恨んでいる奴はいただろう」

「そりゃ、いましたがね。それでも殺しまでやるっていうのは。少なくとも、あっしら町人はね。あっしも借金してますがね、二分と二朱あまりですよ。そんな金で殺しはやりませんよ」

「侍も出入りしておるだろう。浪人だ」

源太郎が確かめると、

「ああ、永沢の旦那ですね」

大工の声音が濁った。

「永沢、どんな男だ」

「そりゃ、まあね、決して評判はよくないお人ですよ」

「どうしてだ」

「負けてもぐずぐず言って払おうとしませんしね、菊次郎からも相当借金していたみたいですぜ」

ここで青木が割り込んだ。

「菊次郎を殺したのはその浪人だとは考えられぬか」

詰め寄るようにして大工に迫った。

大工は一歩、二歩、後ずさってから、

「そ、そりゃ、わかりませんよ」

と、曖昧に答えると、

「よく考えてみろ」

青木は更に問いかけたため源太郎が制し、

「ところで、真壁仁三郎という浪人を知らぬか」

「真壁さん……、いや、知りませんね」

大工に嘘をついている素振りはなかった。

「わかった。すまなかったな」

源太郎から許され大工はぺこぺこと頭を下げて去って行った。

「程ほどにしておけよ」

源太郎は去り行く大工の背中に向かって声をかけた。

「永沢で決まりですね」

自信たっぷりに青木は断じた。

八丁堀の組屋敷まで戻ったところで、

「どうだ、うちに寄らないか。大したものはないが、飯でも食べて行け」

源太郎が誘いかけると、

「ご迷惑でなければ」

遠慮がちに青木は誘いに乗った。

「ただ今、戻った」

玄関に入ると、男物の雪駄があった。どうやら、矢作兵庫助が来ているようだ。案の定、奥から矢作の声が聞こえる。美津《みつ》が出て来て、矢作の来訪を告げた。

それから青木を見て、

「いらっしゃいませ」

美津が言うと、

「青木です。お邪魔致します」

緊張の面持ちで挨拶をした。

「何か、あるか」

源太郎が聞くと、

「ありあわせのものでよろしかったら」

美津は言った。

居間に入ると、矢作が赤子をあやしていた。源太郎と美津の娘、美恵《みえ》である。既に矢作は持参の酒を飲んでいた。青木は矢作を見ると、更に緊張の度合いを強めた。美津が鰯《いわし》の焼き物と胡瓜《きゅうり》の浅漬け、飯を持って来た。

「美恵、向こうに行きましょうね」

美恵を抱いて居間から出て行った。

「まあ、一杯呑め」

矢作に勧められ、青木は湯飲みを両手に持った。注がれて飲む。

「いける口じゃないか」

更に矢作が注いだところで、あとは手酌で飲むことになった。

「探索、進んでいるか」

矢作が問いかけてきた。

六

青木は黙っている。代わって源太郎が浪人永沢栄次郎に目をつけ、逢魔稲荷の賭場

を探ったことを話した。すると、矢作はにんまりとし、

「逢魔稲荷の賭場を仕切っているのは古狸《ふるだぬき》の権太《ごんた》ってやくざ者だ」

「義兄上《あに》も逢魔稲荷へ行ったんですか」

源太郎が問いかけると、

「行った。一両とちょっと、勝ったぞ」

矢作は得意げに言った。青木が目を丸くし、

「博打をやったのですか」

「探索だ。探索するのに、ただ、ぼうっと見ているだけじゃ済まないだろう」

「でも、八丁堀同心の身で行かれたのですよね」

「古狸の権太は昔、面倒をみてやったんだ。だから、まあ、顔見知りってことだな」

権太は六十を過ぎた老博徒《ばくと》で、隠居同然に細々と賭場を開帳しているのだとか。

「ま、摘発するような賭場じゃない。菊次郎は、小判鮫《こばんざめ》のように賭場に張り付いて、商売をしていたようだぞ」

矢作は既に、賭場のことも菊次郎のことも調べ上げている。永沢のことも探り当てたであろうか。

「永沢は……」

源太郎が問いかけると、

「あいつだろうな。あいつ、真壁氏と背格好は同じくらいだろう」

矢作が言うと、

「そうですね」

青木がいち早く返事をした。

「よし、あとは頼むぞ」

矢作は意外にも、源太郎と青木に永沢の捕縛を任せるつもりのようだ。

「義兄上、よろしいのですか」

源太郎が確認をすると、

「ああ、言っただろう。おれは真壁氏の濡れ衣さえ晴らせればそれでいいんだと。おれとおまえらの探索結果が同じになったということは、永沢が本星《ほんぼし》と見て間違いあるまい。いやあ、安心したよ」

「ありがとうございます」

青木が頭を下げた。

「礼はまだいい。永沢が罪を認めたら、してくれ」

矢作は茶碗酒を呷《あお》った。

「わかりました」

青木は神妙である。

「しっかりと永沢を白状させろ」

矢作は念押しをした。

青木は神妙にうなずく。それから、

「でも、恐ろしいことだと思います。矢作殿が苦情を申されなかったら、濡れ衣を着たまま真壁殿は死罪に処せられたのかもしれないのです。そうなれば、わたしが殺したようなものです」

青木はうなだれた。

源太郎が、

「そう、くよくよするな。これで濡れ衣を晴らすことができるのだ」

励ましたところで美津が漬物の追加を持って来た。

青木がうなだれているのを見て、

「しっかりなさいよ。見習いの時はね、しくじればしくじるだけ、身に付くものなのよ。誰だって最初は見習いなんだから。兄だって、今はこんなに偉そうにしているけど、見習いの時はしくじってばっかりだったんだから」

美津らしい快活な物言いで慰めた。

「余計なことを申すな」

矢作が言うと、

「あら、本当のことでしょう」

美津はあっけらかんと言い返す。

源太郎が、

「お父上も立派な同心だったのだ。おまえだって、成れるさ」

「だといいのですが」

青木は言った。

「もっと、元気を出しなさい」

美津が励まし、さあ、食べなさいと丼に飯をよそった。山盛りの白飯に青木は目を細めた。

明くる日は月が替わり、霜月《しもつき》一日である。

源太郎と青木は永沢の長屋にやって来た。青木が永沢の家の腰高障子を叩く。

「永沢、開けるんだ」

青木が問いかける。

やがて、

「うるさいぞ」

と、ぶつぶつ文句が聞こえたと思うと、ぎしぎしと軋《きし》んだ音を立てながら腰高障子が開いた。

「なんだ」

永沢はねめつけてきた。

源太郎が、

「おまえ、金貸しの菊次郎を知っておるな」

「もぐりの高利貸しか……。知ってるよ」

「殺されたことも知っておるな」

「下手人が捕まったことも知ってるぞ」

先回りして永沢は言った。

「いや、まだ、真の下手人は捕まっておらんのだ」

源太郎が返すと、

「なんだと」

永沢の目が尖った。

「菊次郎殺しの一件で話が聞きたい。番屋まで同道願おうか」

源太郎は十手を差し出した。

「わかった。ちょっと、待ってくれ。これでも、武士の端くれだ。刀だけは差していきたい」

永沢は言うとくるりと背中を向け、雪駄を履いたまま部屋に上がると漆喰《しっくい》の塗り壁に立てかけてあった大刀を取り、腰に差した。

布団があるだけで調度品はおろかちゃぶ台一つない殺風景な部屋にあって、天狗の面が目を引いた。柱の釘に引っ掛けてあるのだが、真っ赤な顔、高い鼻が威圧しているような不気味さをたたえていた。

永沢は無造作に土間に飛び下り、

「さあ、行くぞ」

と、声をかけた。

天狗の面に気を取られていた源太郎がはっとして見返した途端に、永沢に突き飛ばされた。油断していた源太郎は仰向けに倒れてしまった。

「おのれ」

青木が驚きながらも十手を突き出した。

永沢は、

「退け！」

雷のような怒声を浴びせるや大刀を抜き放ち、青木に斬りかかった。

「ああっ」

青木は悲鳴を上げながら、前のめりに突っ伏した。その上を永沢はまたいで逃げて行く。源太郎は立ち上がり後を追いかけようとしたが、倒れる青木が気になり、抱き起こした。肩からざっくりと斬られ、出血が夥《おびただ》しい。

「わたしは、大丈夫です。永沢を……」

青木は顔を歪め訴えかけた。永沢は長屋の木戸を走り抜けて行った。

源太郎は手拭で止血をする。

騒ぎを聞きつけた長屋の女房が出て来た。

「医者を知らんか」

源太郎が聞く。

女房たちは浮き足立ちながらも、

「林崎先生がいいよ」

と即答した。

そこへ大家が出て来て、

「誰か、林崎先生を呼んで来な。同心さま、うちで、うちで」

自分の家に青木を寝かせることを勧めた。

「かたじけない」

源太郎は大家の好意に甘えることにした。

「じきに医者が来るからな」

源太郎は励ますように青木に声をかけ、おぶると大家の家へと運んだ。

大家の女房が布団を敷いてくれた。

「すまんな」

源太郎が声をかけると、

「永沢って男、何か悪いことをしましたか」

大家が問いかけてきた。

「まだ、疑う段階だがな、殺しだ」

源太郎は青木に斬りかかった恨みを吐き出すように言った。

「ろくな野郎じゃねえと思っていましたがね、とんでもねえ野郎だ」

大家は歯嚙みした。

「迷惑をかけておったのだろうな」

「家賃なんかもう、半年も払っていませんよ。子供もあいつがいると遊びにも出ませんや」

大家は溜まっていた鬱憤《うっぷん》を晴らすようにして言った。

「お役人さま、絶対に捕まえてくださいね」

女房も頼んできた。

源太郎は捕まえると約束してから青木を見た。蒼ざめて、苦しげな息をついている。

「林崎という医者、腕は確かなのか」

源太郎は青木を案じながら問いかけると、

「そりゃもう、この界隈じゃあれほどの名医はいませんよ」

大家は絶賛の言葉を並べた。

女房も間違いないと同意した。

「青木、もう少しの辛抱だぞ」

源太郎が励ます。

青木は苦しそうに唸っていた。

すると、

「御免」

慌しい声と共に若い医者が飛び込んで来た。

いかにも誠実そうな医者だ。一目見て源太郎は信用できると感じた。

「先生、お願いします」

ごく自然に源太郎は先生と呼びかけることができた。

林崎は落ち着いた所作で歩いて来て、青木を見た。軽く頭を下げ、

「では」

と、部屋から出て行くよう促す。

源太郎は、

「くれぐれもよろしくお願い致します」

と、青木を託し、永沢の後を追いかけた。

# 第四章　天狗の正体

## 一

紀代は仇討ち許可の願い下げを申し出たが藩邸では扱いに困り、結論は出ていない。源之助が案じていたように桃井と忠道組の面々が助太刀をすると強硬に主張して譲らないのだ。

紀代が薬研堀にある林崎の診療所に向かおうと藩邸の裏門を出たところで、桃井が待っていた。

桃井は紀代の前に立ち塞がった。

「退いてください」

紀代が声をかけると、

「どちらへ行かれるのですか」

どかずに桃井は問いかけた。

「どちらでもよろしいではございませぬか。桃井殿とは関わりのないことでございます」

さらりと紀代が言ってのけると、

「つれないことを申されるな。許婚《いいなずけ》ではありませぬか」

桃井はにやりと笑った。

紀代はきっとした目をして、

「それは父が決めたことでございます」

「武家の縁談は親同士が決めるものではござらぬか」

心外だとばかりに桃井は返した。

紀代は一呼吸置いてから、

「この際ですから申しておきます。わたくしは桃井殿の妻になるつもりはございませんん」

「なんと……」

桃井は言葉を詰まらせた。

それから、

「まさか、破談にされるおつもりか」

「そうです」

平然と答える紀代に、

「亡きお父上のご意志を無にされるおつもりか」

「父のことは申されますな」

「お父上のことはともかく、藩庁にも届けられておるのです。それを一方的に破談になさるなど、通用するとお思いか。弟君一之輔殿の将来もございますぞ」

「弟は弟。まさか、桃井殿は破談にされて、その恨みを弟に向けるような卑怯な真似をなさるおつもりですか」

紀代は言い募った。

「そうではござらんが」

桃井が曖昧に言葉を濁す。

するとと桃井は、

「わけをお聞かせくだされ。どうして、拙者との縁談を破棄なさるおつもりなのですか」

「ご自分の胸に手を当ててご覧なされ」

　冷ややかに紀代が返すと、

「紀代殿、お父上が非業の最期を遂げられ、気持ちの整理もつかぬままということでござるか」

「そうではありません。わたくしの方に原因があるわけではないのです。桃井殿を慕うことができないのです」

「嫌われたということですか。それは、林崎を討てなかったからですか」

「そうではありません。ですから申し上げているではありませんか。ご自分の胸に聞いてくださいと」

　話は終わったとばかりに紀代は桃井の横をすり抜けた。そこへ、

「ところで、仇討ちのこと、願い下げなさったとか」

「はい」

「いかなるわけでございますか。我らが助太刀を致すのです。いかに林崎といえど、負けるものではございませぬ」

「そのようなことではありません。わたくしが仇討ちを願い下げたのは、林崎が記憶を失って、最早《もはや》、別人となったからです」

「しかし、紀代殿も申されたではござらぬか。記憶を失おうが、罪が消えるわけではないと。拙者もそのことは同じ思いでございます」

桃井も引かない。

「そうは思いません。林崎は今は立派な医者となって、町人たちのために尽くしております」

「まさか、情にほだされましたか」

桃井の目が暗く淀んだ。

「では、これで、失礼致します」

紀代は足早に立ち去った。

京次は源之助から依頼を受けた聞き込みを行っていた。

林崎宗次を襲った者。

快く引き受けたのはいいが、そう簡単に見つかるものではない。昼飯でも食べようと、あちらこちらを見回す。すると向こうから矢作兵庫助がやって来た。

「矢作の旦那」

京次が声をかけると、

「おお、京次か。どうした、こんなところで」

矢作はいつになく上機嫌であった。

「まあ、色々と……」

曖昧に言葉を濁したところで、

「源太郎が見習いの面倒をみているせいで、おまえ暇なのじゃないか」

矢作はからかい半分に訊いてくる。

「まあ、そんなところで」

と、話を合わせたところで、

「おまえ、周囲をきょろきょろと見回し、道行く者に話しかけていたな。ありゃ、聞き込みだろう」

矢作は京次の様子を見ていたのだ。

「旦那、お人が悪うござんすね」

京次が返すと、

「蔵間の親父に頼まれたのか。とすると、影御用ってことだな」

矢作はうれしそうな顔で問いかけた。

「さすがは、勘がいいですね。矢作の旦那は誤魔化せねえや。実はその通りなんですよ」

京次は首を縦に振った。

「どんな影御用だ」

矢作は道の端に京次を誘った。

「矢作の旦那でしたら、蔵間さまもご承知になられると思いますんでね、申しますが」

と、京次は源之助が行っている白河藩の影御用についてかいつまんで話した。

「ほう、親父殿らしい大掛かりで込み入った影御用だな。それで、おまえはどんな聞き込みを任されたのだ」

矢作が言う。

「あっしは、林崎さまを殴った男を探し出そうとしているんですよ。両国界隈にある稲荷の近くで襲われたそうなんですがね」

「なんという稲荷だ」

「神主のいない稲荷で、近所の者たちは逢魔稲荷って呼んでいるそうですよ」

「逢魔稲荷か……」

矢作はにやりとした。

「矢作の旦那、ご存じなんですか」

「北町の見習いが初手柄を立てそうになった殺し、逢魔稲荷の近くで起きたんだ。ま、偶然だろうがな……。おおっと、こりゃ、面白くなってきたぞ」

矢作は両手をこすり合わせた。

「また、矢作の旦那、関わろうってことじゃないでしょうね」

「いや、関わるつもりだ。丁度、一つ大きな山が終わったところだからな。暇を持て余しておるのだ」

矢作は言った。

「そうですか、そりゃ、あっしの一存ではなんともなりませんけど」

「手伝ってやる。二人でやった方が、見つけやすいからな」

矢作は返事を待たずに勝手に聞き込みを始めた。

「やれやれ、泣く子と矢作の旦那には勝てないや」

京次は失笑を漏らした。

夕暮れまで聞き込みを行ったが、手がかりはつかめずであった。

「ま、こういう日もある。どうだ、一杯やるか」

矢作に誘われ、京次は、

「いいですね」

と、応じた。

「店を見つけて来ましょうか」

京次が往来を見渡したところで、

「いい店があるんだ」

矢作はさっさと歩き始めた。

京次もついてゆく。


矢作と京次は天狗屋に入った。

「いらっしゃいま……」

お富が歓迎の言葉を途中で止め、矢作から視線をそらし、

「いらっしゃい」

と、曇った口調で言った。

その様子を見れば京次も、矢作が歓迎されざる客だとわかった。矢作はお構いなく、入れ込みの座敷に上がった。京次が燗酒を頼んでから、

「今日のお勧めはなんだ」

矢作がお富に訊いた。

「うちは、全部お勧めだもん」

お富は無愛想に答えた。

「なら、全部頼むか、というわけにはいかんな。湯豆腐とぶり大根にでもしておくか」

矢作は言った。

京次は矢作とお富のぎすぎすとしたやり取りを聞いていたが、お富が台所に入ってから、

「どうしたんですよ」

と、矢作を見た。

「嫌われてしまったということだ」

矢作はすまして答える。

「どうして嫌われたんですか。まさか、無理に言い寄ったってわけじゃないでしょう」

「馬鹿、相手は餓鬼《がき》だぞ。実はな……」

矢作が語ろうとしたところで、お富が酒を持って来た。酒を受け取ってから、矢作は事情を話した。

「なるほどね、でも、矢作の旦那は間違ったことをなさっちゃいないですよね」

京次が言うと、

「そうなんだ。実際、真壁殿は濡れ衣であったのだからな」

矢作は言った。

「だったらね、あの娘も素直に詫びるのが筋ってもんですよ」

京次は軽く舌打ちをした。

二

しばらく飲み食いが続き、客が途切れた。今日は暇だと主人が言った。そんな中にあって矢作と京次の他、行商人風の客や大工たちが五人ばかり残っていたが、彼らも帰って行った。

こうなると、お富はむっつりと黙り込んでしまったため、気まずい空気が漂った。

矢作が、

「お富、そんな怖い顔するんじゃない。何もおれはおまえを責めているわけじゃない。おまえだって、よかれと思って証言をしたのだろう」

「あたい、間違っていないもん。嘘、ついていないもん」

お富はむきになった。

「おまえが嘘をついていたとは申さぬ。でもな、真壁氏が菊次郎を殺したのではない。本星が明らかになったからな」

はっとしてから、

「誰ですか」

お富の目が凝《こ》らされた。

「この店にも顔を出しているかもしれん。浪人でな、永沢という」

矢作が言うと、

「ああ、永沢ってひょっとして、目つきのわるい浪人じゃない。いつも横柄《おうへい》な口を利《き》く嫌な奴よ」

お富が久兵衛に言った。久兵衛がうなずくと、必死に矢作と京次の顔を見定めようとしている。

「おまえ、近目《ちかめ》なのだろう」

やおら、矢作に言われ、

「ええ、見え辛《づら》いです」

素直にお富は認めた。

「よし、それを認めるならいい」

お富は自分が見誤ったことに気付いたようだ。そうなると自分の誤りが及ぼした罪の意識に、さいなまれたのか、目を白黒させて、すっかり落ち着きを失くした。

「では、真壁さんはどうなるんですか」

「解き放たれるさ」

「本当ですよね。真壁さん、死罪になんかなりませんよね」

全身を震わせ、お富は泣き出さんばかりだ。

「心配するな、明日にでも顔を出すさ」

矢作が言うと、

「でも……ああっ、あたい、とんでもないことしてしまったんだ」

お富は悲鳴を上げた。

「解き放たれるのだから、してしまったことにはならんぞ」

矢作が慰めると、お富はしょんぼりとなってうなだれる。

すると、

「許せよ」

と、いう声がかかり暖簾が捲《まく》られた。

「いらっしゃ……」

またもお富の歓迎の言葉が途切れた。途切れたばかりか両目が大きく見開かれた。

真壁仁三郎が入って来た。

真壁は矢作に気づき、

「このたびはお手を煩《わずら》わせましたな」

深々と頭を下げた。

「明日あたりと思ったけど早速お出ましとはな……。まあいい。よかった。さあ、放免祝いだ。一緒にやりましょう」

矢作は言った。真壁は酒の臭いを嗅ぐように鼻をくんくんとさせると、入れ込みの座敷に上がろうとした。

すると、

「真壁さん、ごめんなさい。あたい、とんでもない間違いを犯してしまって……」

お富は真壁の前に両手をついた。

そして、

「ごめんなさい、本当ごめんなさい」

何度も何度も繰り返し、額を土間にこすりつけた。肩が震えたと思うと嗚咽《おえつ》を漏らし始めた。

真壁はお富の前にひざまずき、

「立ったらどうだ。そんなことをするんじゃない」

それでもお富は顔を上げることができないでいる。

「さあ、立ちなさい」

真壁はお富の肩を軽く叩き、立つよう促した。お富は大きくしゃくり上げ、顔を上げた。真壁は懐紙を差し出し、

「涙ばかりか鼻も垂れておるではないか。嫁入り前の娘が恥ずかしいぞ」

と、微笑みかけた。

「真壁さんたら、意地悪」

お富は懐紙を受け取ると、調理場へと駆け込んだ。お富に代わって久兵衛が出て来た。それから、改めて久兵衛が真壁にお富の証言を詫びた。

「誰にも間違いがある」

真壁は言ったが、

「でも、やってはいけない間違いもございます」

申し訳なさそうに久兵衛はわびた。

「こうして無事帰って来たのだ。気にするな」

「ですが、帰って来られなかったら」

「そうなったら、それがさだめと思うまでだよ」

わははと真壁は笑い、矢作の前に座った。矢作が京次を紹介し、

「さあ、酒だ。どんどん持ってきてくれ」

と、久兵衛に頼んだ。

久兵衛は、

「ささやかではありますが、本日は店の奢《おご》りということで」

と、言うと矢作はそれはありがたいと破顔したが、

「いや、それはよくない」

真壁は遠慮した。

「せめてもの罪滅ぼしでございます」

久兵衛が重ねて頼んだところで、

「ならば遠慮なく」

真壁は満面の笑みで受け入れた。

「よし、やるぞ」

矢作が気勢を上げた。

お富が戻って来ると、

「お富、暖簾を取り込みな。今日は真壁さんの放免祝いだ」

久兵衛が言い、

「わかったわ」

お富は暖簾を取り込んだ。

それから、酒はもとより、鱈《たら》ちり、鰻《うなぎ》、雉《きじ》の肉、など天狗屋で出せるご馳走がこれでもかと出て来た。

酔いが回り、みな、満足したところで、

「でも、わしは安心したよ」

真壁が言った。

「どうしたんだ」

矢作が問いかけると、

「わしはな、お富に嫌われておると思っておったのだよ」

真壁はお富に笑いかけた。

「ええ……、どうしてですよ」

「いや、わしが声をかけて注文を取りに来ると、いつも目をしかめていたからな。思えば、目が近かったからか」

「そうですよ。あたい、誰にでも、そんな風にしていたんだと思う」

「わしはな、お多福と言ってしまったことを気にしているのかと思っていたんだ」

「あれは、本当にひどいと思った。お多福って、何よ」

頬を膨らませ、お富は改めて真壁を非難した。

「すまなかったな」

真壁は膝に手を置き、深々と頭を下げた。

真壁とお富の和解が成ったのを見て矢作が、

「ところで、お富、おれが疑問に思ったのはどうして真壁氏の仕業だと意地を張ったのだ。いや、意地になってはいなかったかもしれんが、おまえはとても頑《かたく》なであったぞ。引っ込みがつかなくなったのか」

「意地になっていたわけじゃない。お多福って言われたことには腹が立ったけど、真壁さんが憎くて真壁さんの仕業って言ったわけじゃない。あたい、罰《ばち》が当たるのが怖かったから、真壁さんの仕業だって証言をしたの」

お富は言った。

「罰が当たるとは?」

真壁が首を捻った。

「実は、あたい、以前にも人が襲われたのを見たのに、怖くて御奉行所に訴えられなかったの。それで、罰が当たったたんですよ」

お富の答えを聞き、

「その時のことを話してくれ」

矢作は頼んだ。

その時の記憶が蘇《よみがえ》ったのかお富は肩を震わせ、

「とっても恐かった……。だって、天狗が林崎先生を殴ったんだもの」

「林崎先生って、名医って評判の」

京次が大きな声を出した。

お富は黙って首を縦に振った。

矢作が、

「もっと、詳しく話してくれ」

「もう、一月《ひとつき》ほど前になるかな……」

お富は夕暮れ近く、湯屋《ゆうや》に行こうと天狗屋を出た。すると、逢魔稲荷の鳥居から林崎が出て来た。

「あたいは、先生に挨拶をしようと思ったの」

お富が声をかけようとしたところを、鳥居の陰から天狗が飛び出し、大きな石で林崎の後頭部を殴ったのだそうだ。林崎は昏倒し、天狗は財布を奪って逃げた。その時、お富に気付き、

「黙っておれ」

それは怖い声で告げたのだそうだ。

お富は震え上がってしまった。

「天狗っていっても天狗の面を被《かぶ》っていたんじゃねえのかい」

京次が言うと、

「そうです」

お富は言った。

まさか、本物の天狗のはずはないわけだが、たとえ天狗面の男としても、お富が恐怖心を抱くのに十分であっただろう。

「それは怖かったな」

真壁が慰めた。

三

「怖かったです。それで、そのこと、誰にも言うことができなかったの」

お富は言うべきか悩み続けたのだそうだ。そんな折、立て続けに、よくないことが起きた。

「あたいは、罰が当たったのだと思ったの」

そんな時、お富はまたしても逢魔稲荷の前で人が襲われるのを目撃した。それが、菊次郎殺しであった。

「今度はしっかりと訴え出なければと自分を叱咤したの」

お富は言った。

「なるほど、そういうことであったか」

真壁は合点《がてん》がいったように答えた。

「でも、あたい、とんでもない間違いをしてしまった」

再び、お富はしょげ返ってしまった。

「おい、おい、もうすんだことではないか」

真壁が慰める。

矢作が、

「その天狗、何者であったのだろうな」

と、疑問を呈した。

「さあ、わかんない」

お富も見当がつかないようだ。

京次が久兵衛に、

「この界隈で天狗面の男が人を襲ったり、盗んだりということをやっていると聞いたことはないか」

「いいえ、特には」

久兵衛は首を捻る。

「すると、林崎先生を襲っただけということか」

京次は言った。

「奇妙だな……。林崎先生は以前にも逢魔稲荷近くで襲われたんだよな」

矢作もぼりぼりと顎を掻いた。

「そうですよ。あっしが蔵間さまから下手人を探せって頼まれた一件です。弥生に起きたんです。その時、林崎先生は頭を殴られて記憶を失くしたんですよ。するってぇと、林崎先生は同じ場所で二度も殴られたことになりますね。こりゃ、林崎先生と天狗、何か関わりがあるんですかね」

京次は矢作に問いかけた。

「林崎、天狗になっているぞ、という警告であったのかもな」

矢作が推論すると、

「林崎先生は、そんなお人じゃないもん。誰にでも親切でそれはもう優しくて、いばったりなんかしないもん」

強い口調でお富は反論した。

「当て外れか」

矢作は自分の頭を拳で叩いた。

「天狗の面を被ったということは、誰にも素顔を見られたくはなかったということですよね」

　京次が言うと、

「そりゃそうなんだろうがな」

　矢作は理解できないというように呟いた。

「でも、林崎先生がご無事だったので、本当に安心しました」

　お富は言った。

「思いもかけない出来事に遭遇して、お富は随分と悩んだのであろうな」

　今更ながら真壁は同情した。

　ここで矢作が、

「もし、殴られたのが真壁殿であったのなら、平気であったかもしれないな」

　と、冗談を飛ばした。

「いや、わしでも後頭部となると、どうであろうな。面《つら》の皮の厚さでは自信があるのだが」

　真壁も笑った。

　京次が、

「偶然ですかね、後頭部を二度殴られたというのは」

「偶然をおれは信じない」

「なら、天狗面に二度殴られたということですか」

「そうかもしれん」

「天狗面の男は同じ人間でしょうかね」

京次は思案するように腕を組んだ。

「同じだろうな……。いや、どうかな」

自信はないのか、矢作の声がしぼんでゆく。

「わからんな」

矢作はごろんとなった。

「さて、そろそろ、わしは帰るとするか。息子も案じておろう」

真壁が言うと、

「なんだ、真壁氏、ご子息にはまだ会っていないのか」

矢作が呆れたように言った。

「息子に会うと、今日は酒を飲ませてはくれぬからな」

どこまでも陽気な真壁らしいのだが、

「早く、戻ってやれ」

矢作に言われ、真壁はよろめきながら立ち上がった。

「では、ご一同」

みなに挨拶をして戸口へと向かう。お富が見送りに出て、

「本当にご迷惑をおかけしました」

もう一度、神妙な様子で挨拶をした。

「気にするな」

真壁は右手を挙げて立ち去った。

「では、あっしらも失礼しますか」

京次が言うと、

「そうだな」

矢作は浮かない顔だ。

「どうしたんですよ」

「天狗面がどうにも脳裏に浮かんで仕方がない」

「そりゃ、あっしもですよ」

「天狗相手に探索を行うか」

矢作は薄く笑った。

「手がかりが天狗面とは」

京次も困ったと言った。

「ごめんなさい、余計なことを思い出してしまって」

お富が詫びると、

「いや、そういう意味ではない」

矢作が慌てて取り繕《つくろ》った。

「また、何かあったら教えてくれ」

京次が言うと、

「わかりました」

素直にお富は受け止めてくれた。

四

その日の昼下がり、京次は急ぎ居眠り番に行って源之助に林崎が二度襲われたことを報告した。源之助は診療所へとやって来た。すると、紀代も来ていて、林崎は急患で往診に出たそうだ。代わって、野々宮が診療に当たっているのだとか。

「なんでも、刃傷沙汰が起きたそうです」

紀代は声を潜めて言った。

「ほう、どのような」

刃傷沙汰と聞いて、場合によっては放っておけない。

「詳しいことはわかりません」

紀代が答えられないでいると耳聡《みみざと》い患者が、

「八丁堀の旦那が浪人に斬られたって、話ですよ」

と、声をかけてきた。

「八丁堀同心、北か南か」

源之助の問いかけに、そこまではわからないと困惑気味に患者は答えた。紀代も源之助の苦衷《くちゅう》を察し、口をつぐんだ。

刃傷沙汰が起きたという現場に行きたいのだが、どこなのかもわからない。それに、紀代を置いて出て行くわけにはいかない。

「紀代殿、仇討ち認可の願い下げをされたのですな」

気持ちを切り替えて源之助は尋ねた。

「致しました。桃井はそのことを聞きつけ、わたくしをなじりました」

「桃井はこれからどう出るのでしょうな」

「あの男のことです。何かしらの狡猾《こうかつ》な手段を講じてくるに違いありません」

紀代は言った。その顔には桃井の好き勝手にはさせないという強い意思が感じられた。

「京次が林崎殿を殴った者について聞き込みを進めております」

「蔵間殿は、単なる物盗りの仕業ではないとお考えですか」

「さて、今のところなんとも申せませせぬ。ところが奇妙なことに林崎殿はこの神無月にも逢魔稲荷近くで襲われておるのです。しかも、弥生の時と同じ、頭の後ろを殴られたのです」

「同じ者の仕業……。まさか、桃井が関係しているのでしょうか」

「断言はできませんが、それはないと思います。桃井が江戸にやって来たのはその後ですし、桃井であるのなら、殺すというのならわかりますが、殴るということはしないでしょう」

「襲撃のことで疑問を感じました」

紀代は周囲の患者に聞かれまいとして背を向け、声を潜めた。源之助も耳を紀代の方に向ける。

「宗次さまは、武芸の達人です。いくら背後から忍び寄られたとしても、むざむざと殴打されたというのがわかりません。江戸に来た直後に、やはり背後から殴られ記憶を失くされたということですが、それは旅の疲れが災いしたのだと思います。ですから、平生《へいぜい》の際にむざむざと襲われることはないと思うのです」

紀代は疑問を呈した。

「なるほど、林崎殿であれば、むざむざと殴られるようなことはありますまい。無理に考えてみると石は投げられ、頭の後ろを直撃した……。いや、それは無理ですな」

自分で言って、恥ずかしくなった。

紀代は構わず、

「ではどういうことになるのでしょう」

「林崎殿とて、一日中、緊張をしているわけではござらん」

「隙が生じることもあると」

「隙というよりは、息を抜いたり、考え事をしていたりすることもござろう」

「ですが、宗次さまの武芸は身体に染み付いたもの。たとえ、背後から不意打ちをかけられようが、身体が反応するのではないでしょうか」

紀代は疑問がつきないようだ。

そこへ、

「退いてくれ」

林崎が帰って来た。

戸板に一人の侍が寝かされている。男たちが戸板を持って待合に上がると、

「奥まで運んでくれ」

林崎に言われ、男たちは戸板ごと青木を奥の診療の間へと運んだ。

源之助は青木だと確認した。

青木は源太郎が面倒を見ているはずだ。すると、源太郎はどうしたのだ。源太郎は一緒ではなかったのか。一緒だとしたら、むざむざと青木が斬られるのを防ぐことができなかったのか。

次々と疑問が湧いてくるが、まずは青木の安否が気になる。

待合から診療の間に入って行こうという林崎に、

「林崎殿、お手数をおかけ致します」

源之助が声をかけると、

「蔵間殿のお知り合いですか」

「青木亀弥太と申しまして、北町の見習いなのです」

源之助は答えた。

「見習いの身で……」

「怪我の具合、いかがでしょうか」

「決して浅手《あさで》ではなく、出血もひどいです。安易に大丈夫とは申せません。本人の体力と生命力に期待するのみですな」

林崎は冷静沈着な診立てをしてくれた。

「青木ともう一人、同心がおりませんでしたか」

源之助が問いかけると、

「いらっしゃいました。お名前は聞きませんでしたが、わたしが治療するのを見届けてから、青木さんを斬った浪人者を追って行かれました」

林崎が答えた。

「その同心、おそらくはわたしの倅《せがれ》です」

源之助が言うと、

「それはそれは」

どう答えていいのか、林崎は微妙な反応を示した。紀代も重傷の患者の応対とあって、林崎と話すことは控えた。

林崎は診療の間に入って行った。

「町方の同心に刃傷に及ぶとはその浪人者、凶悪なこと極《きわ》まりございませんね。まさしく、命がけのお役目でございますね」

紀代は源之助の息子が青木と一緒だったと知り、気遣いを示してくれた。

「しかし、見習いに怪我を負わせてしまったのは、息子の落ち度ですな」

源太郎から詳しい話を聞く前から判断はできないが、手抜かりであったことは確かであろう。

紀代は診療の間に入り、林崎に代わって、患者の診察を始めた野々宮を手伝い始めた。気丈な紀代は患者に対しても物怖《ものお》じせずに的確な処置を施してゆく。

源之助はそれを見ながら、改めて紀代をしっかりした武家の娘だと見直した。

源之助は青木の容態《ようだい》が気にかかり、奥座敷に寝かされた青木の傍で待機をした。青木はうなされていた。高熱を発しているようだ。

ただただ、青木の無事を祈るしかない。

すると、

「失礼致します、林崎先生」

源太郎の声が聞こえた。

林崎が応対に出ようとしたのを制し、源之助が応対に出た。

すると、

「父上……」

源太郎は源之助を見上げた。

「おまえ、青木と一緒だったのであろう」

極力落ち着いて源之助が問うと、

「はい」

自分を責めるように源太郎は唇を噛んだ。

「まあ、よい。話は後だ」

源之助は源太郎を導いて奥座敷へと向かった。

奥座敷に入るなり、源太郎は青木の枕元に座った。苦しげな青木の顔を覗き込むと、すがるような目で林崎を見た。

「傷は縫い合わせました。幸い、急所は外《はず》れておりましたのですが、出血が甚《おびた》だしいのが心配です」

林崎の診立てに、源太郎は言葉もなくうなずいた。

「ご母堂をお連れ致します」

息子が危うい のである。

源太郎は言った。

危篤《きとく》であると知らせるのは不吉な気持ちがしたが、万が一ということがある。一人
息子が危ういのである。

源太郎が立ち上がったところで紀代が入って来た。

「わたくしが行って参ります。あなたは、部下の傍にいて差し上げてください」

有無を言わせず紀代が言うと、源太郎は紀代が誰かも知らないのに勢いに押され、

「ありがとうございます」

と、受け入れてしまった。

次いで、八丁堀組屋敷、青木の屋敷の所在を教えた。

「わかりました。急いで行って参ります」

紀代は奥座敷から出て行った。

源太郎は見送り、

「ご新造《しんぞ》、感謝申し上げます」

林崎の妻と間違われたことを紀代は否定することなく、急いで診療所を後にした。

「源太郎」

源之助は源太郎を促して、奥座敷から出た。待合の片隅で、

「仔細を申せ」

と、言った。

源太郎は、

「高利貸しの菊次郎殺しを探索しておりました」

と、永沢に至った経緯と永沢に斬りかかられたまでをかいつまんで語った。

## 五

「しかし、油断でした。わたしの手抜かりでございます」

源太郎は深く頭を下げた。

「わたしに詫びられても仕方がない。いかにも、手抜かりであったが、今更、悔いてもどうしようもない。おまえは意地でも永沢という男を捕縛することだな」

「十手にかけましても」

源太郎は両目をかっと見開いた。

「捕縛の際、永沢の動きから目をそらすとは、八丁堀同心として手抜かりにもほどがあるぞ」

つい、源之助は息子の失態を蒸し返してしまった。

「言い訳にもなりませんが、天狗の面に気を取られてしまいました」

源太郎は柱の釘に掛けてあった天狗の面のことを話した。

「天狗の面だと……」

京次の報告によると林崎を襲った者は天狗の面を被っていたそうだ。かといって林崎襲撃の下手人が永沢とは断定できない。

「ところで、八丁堀まで知らせに出てくれたご夫人だがな、こちらのご新造ではないのだ」

「ええ……、そうなのですか。いや、あまりにも手馴れた所作で診療所を手伝っておられたので、てっきり林崎先生のご新造かと思ってしまいました。間違ってしまって申し訳ないことをしてしまいました」

源太郎は答えてから、

「ところで、父上はどうしてこの診療所におられるのですか」

源太郎は問いかけた。

「ああ、それはな」

影御用の中味を言うわけにはいかず、

「実はな、林崎殿、一月《ひとつき》ばかり前に暴漢に襲われたそうなのだ。幸い、大事には至らなかったものの下手人は不明でな。それで、下手人を探し当てようと買って出た次第だ」

「どうして、父上が下手人を探すことに……。林崎先生のこと、ご存じでいらしたのですか」

「評判の医者ということで、別段、どこも悪くはなかったのだが、診てもらったのだ。それでその際に、暴漢に襲われたことを耳にし、下手人探しを請《う》け負《お》ったという次第だ。なにせ、暇な身であるからな」

源之助は言った。

「なるほど」

幸い源太郎は疑いを抱くことなく、受け入れてくれた。

「それで、下手人、見つかったのですか」

源太郎に訊かれ、

「まだだ。京次にな、聞き込みに当たらせているのだがな」

源之助が答えると、源太郎はうなずき、奥座敷へと戻った。源之助も奥座敷の隅で青木の無事を祈る。

火鉢にかけられた鉄瓶がぐつぐつとうだり、やがて、青木の顔色に赤みが差した。

どうやら、快方に向かっているようだと安心すると林崎も表情を緩《ゆる》めた。

やがて青木が、

「ああ」

と、息を漏らした。

源太郎が枕元ににじり寄った。青木が薄目を開けた。

「蔵間さん」

蚊《か》が鳴くような声であるが、声をかけてきた。

「よい、何もしゃべるな」

源太郎が言っても、

「永沢は……、永沢栄次郎は」

青木は永沢の行方が気にかかるようだ。

「心配するな。捕縛の手配をしたゆえ、日をおかずして捕縛されるぞ」

源太郎が答えると、

「そうですか」

青木は両目を閉じた。

「先生、ありがとうございます」

源太郎は林崎に礼を言った。

「当然のことをしたまでです。わたしの腕というよりも、青木さんの生命力の強さというものでしょう」

決して驕《おご》ることなく林崎は淡々と言った。

それから一時余りが過ぎた。しかし、紀代は戻っていない。

さすがに、

「遅いですな。道に迷われたのでしょうか」

源太郎が腰を浮かすと、

「いや、それはあるまい。紀代殿はしっかりしておられる。それに八丁堀へ行けば、尋ねればわかることだ」

源之助は言っているうちに不安がこみ上げてきた。すると林崎も、

「何かあったのでは」

と、いぶかしんだ。

「よし」

源之助が立ち上がった。源太郎も探しに行くと言ったが、

「おまえは、青木の傍に居てやれ」

と、言い置いて奥座敷から外に出た。

源之助は八丁堀の組屋敷に戻って来た。

既に夜の帳《とばり》が下り、月のない闇夜だが澄み渡った冬の夜空とあって星影がひときわ美しく瞬《またた》いている。

まずは、青木の屋敷を訪問する。

庭に面した母屋の座敷は障子が閉ざされているが、行灯《あんどん》の灯りを受け人影が映っていた。女のようだ。案の定、母親は在宅であった。紀代が尋ねて来たか確認したが、来ておらず、息子の災難も知らなかった。

紀代の身が案じられるが、母親には青木が林崎の診療所で治療中であることを教えた。

母親は驚きながらも源之助に礼を言うと、身支度に入った。源之助は見舞いの言葉を言ってから表に出た。

紀代、さらわれたか。

とすれば、桃井と忠道組の仕業であろう。

白河藩邸に出向くか。

すると、矢作と京次が歩いて来る。二人とも、酒が入っているとみえ、顔がだらしなくやに下がり、足取りは覚束《おぼつか》ない。

「よお、親父殿」

能天気に矢作に声をかけられ、

「飲んでいるのか」

非難の目を向けてしまった。

矢作は言った。

「真壁氏の放免祝いをしたところだ」

「そうか、それはよかったな。わたしは、急ぐゆえ、これで失礼する」

と、歩きだそうとしたところで、

「林崎を殴った者の手がかりがあったぞ」

矢作に言われた。

矢作は京次を見る。京次はうなずき、既に源之助に報告したと言った。

「天狗面の男だな……」

源之助は首を捻った。

源太郎と青木が取り逃がした菊次郎殺しの本星、永沢栄次郎の家にも天狗の面があった。やはり、永沢が林崎襲撃の下手人だろうか。

いや、そんな凶暴な男ならば殺気を放っているものだ。うまうまと林崎が襲われるとは思えない。

お富が目撃した天狗面は永沢ではないと、源之助の八丁堀同心としての勘が告げた。

「なるほど、天狗の面を被っておったか」

源之助がおかしそうに言った。

「ふざけた野郎だ」

矢作が吐き捨てる。

「改めて尋ねるが、お富、天狗面を被った男が、どのようにして林崎殿を殴ったと証言した」

源之助が聞くと、

「林崎先生が逢魔稲荷の鳥居から出ていらしたところを鳥居の陰に身を潜めていた天狗面の男が林崎先生の背後に忍び寄り、大きな石で先生の後頭部を殴ったのだそうですよ」

京次が答えた。

「やはりな」

源之助は確信した。

そんなやり方で林崎が襲われるはずがない。

「どうしたのだ」

矢作が問いかけると、

「林崎殿、それで、あっさりと殴られたのだな」

源之助が念押しすると、

「そのようだぞ」

矢作は返事をした。

「そこがおかしいのだ」

源之助は言った。

「そうかな」

矢作は京次に向く。

「お富が嘘を言っているようには思えませんがね」

京次も言い添えた。

「いや、そうではなく、それではあまりにも無防備だ。林崎殿、実は大した武芸者なのだ。とてものこと、不意打ちを食らうような御仁ではない」

源之助の疑問に、

「しかし、背後から忍び寄ったんですよ」

京次が抗っても、

「気配を感じたはずだぞ」

源之助は納得しない。

「足音を消したんじゃねえですかい」

「それでできるものかな。襲われたのはいつの頃合だ」

「夕暮れ時ですよ。まさしく、逢魔が時でした」

「すると、暗闇ではなかったのだな」

「そうです」

京次が返事をしたところで、

「ああっ」

矢作が素《す》っ頓狂《とんきょう》な声を上げた。

「どうした」

源之助が聞くと、

「影だよ」

矢作は即答した。

「影だと」

源之助に言われ、

「あそこは西陽が差す。厳しいくらいにな。当然、背後から近づいたとしても影が落とされるはずなんだ」

源之助が言うと、

「なるほど」

京次も納得したように手を打った。

「それでは、林崎殿が武芸の達人ではなくとも、気付いたはずだ。少なくとも殴られるのを避けることはできないまでも、後頭部を無警戒に殴られるようなことはなかっただろう」

源之助の言葉に矢作も京次もうなずき、

「どういうことだ」

矢作は酔いが覚めたように真顔になった。

「だから、おかしいと申しておるのだ」

源之助は言った。

「ほんとですね」

京次も言う。

「まるで、知っていて殴られたみたいだな」

矢作の言葉に、

「それだ！」

源之助は叫んだ。

六

「ど、どうしたんだ、親父殿」

矢作が驚き、おっかなびっくりに問い直してきた。

「矢作、おまえ、本当にいいことを言うな」

源之助に誉められ、

「なんだよ、おれにはさっぱりわからんよ」

矢作は却《かえ》って混迷を深めた。

「林崎殿は殴られたのではなくて、殴らせたということだ」

源之助が言うと、

「そりゃ、どういうことですよ。殴られたのは芝居だったたってことですか」

京次が言うと、

「殴られた芝居なんかしたって、なんになるのだ」

矢作は不満そうだ。

「林崎殿は記憶を失くしておる。失くしたきっかけは、弥生の中頃に逢魔稲荷の前で殴られたことだった。その時は旅の疲れが祟《たた》ったものと思われる。下手人はその時と同じ状況を作り出し、記憶を蘇らせようとしたのだろう」

源之助が推論すると、

「じゃあ、下手人は……」

京次が問い返した。

「野々宮宗庵、林崎を助けた医者。そして弥生の襲撃は永沢かもしれぬ」

ずばり源之助は指摘した。

「すると、野々宮は林崎の記憶を蘇らせようとそんなことをしたのだな」

矢作も納得したように答えた。

「しかし、林崎殿の記憶はその時点では戻らなかった」

源之助は独りごちた。

「すると、親父殿、この殴打事件は下手人を挙げても仕方がないということになるな」

「その通りだな。京次、すまなかったな。無駄足になって」

源之助が詫びると、

「いや、無駄足ってことじゃござんせんよ。事件の真相がわかったんですからね」

京次は言った。

「よく、申した」

源之助がうなずいたところで、

「ところで、親父殿、先を急いでおったようだが、どこへ行くのだ」

矢作はにんまりとした。

影御用の臭いをかぎつけたようだ。

「連れて行かぬぞ。そう、酒の臭いをぷんぷんとさせていたんじゃ、相手に失礼だからな」

源之助が断ると、

「わかったよ。今日のところは引き下がるが、必ず聞かせてくれよ」

矢作は大手を振って歩いて行った。

「矢作の旦那らしいですね」

京次は矢作の背中を見送ってから、お気をつけてと言って踵《きびす》を返した。


源之助は外桜田にある白河藩上屋敷へとやって来た。

夜更けであったが裏門で番士に素性を告げ、桃井主水介への取次ぎを頼むと、邸内に入れられた。

次いで、紀代が戻っているかどうかを番士に確認した。すると、紀代は不在だという。

「では、桃井殿にお取次ぎ願いたい」

源之助は頼み込んだ。

番士が呼びに行き、ほどなくして桃井がやって来た。

「これは、蔵間殿」

桃井はにこやかに声をかけてきた。

「夜分、恐れ入ります」

源之助は丁寧に挨拶をしてから、

「実は紀代殿に用向きがあるのですが、ご不在のようですな」

「そうですか。はて、夜分の外出とは」

桃井はおかしいと呟いた。

「桃井殿もご存じありませぬか」

「存じませぬ」

桃井はかぶりを振った。

「これは、おかしい」

源之助は大きく首を捻った。

「何か、いぶかしいことでもございますかな」

桃井は怖い顔つきとなった。

「いや、貴殿が紀代殿の行動を把握しておられんとは」

「拙者が怠慢だと申されるか」

桃井はかっと両目を見開いた。

「いや、貴殿、林崎の動き、気にならないのですか」

「気になるもなにも、自分が誰であったことすらも覚えておらんとあっては、どうしようもござらん」

「だから、藩として処罰できないのであればこそ、紀代殿の仇討ちとして処罰するのではござらんか」

「それが、紀代殿は仇討ちの願い下げを申し出られた」

桃井は困ったものだと嘆いた。

「桃井殿はそれを受け入れるのでござるか」

源之助は怖い顔つきとなった。

「いや、そのようなことは受け入れられるものではござらん」

「当然、桃井殿は紀代殿の動きを見張っておられたのでしょうな」

「見張るとは人聞きが悪い」

桃井は苦笑を漏らした。

「ところで、林崎殿、記憶を失くしたまま過ごしておられるわけではござらんぞ」

思わせぶりに源之助はにやりとした。

「というと」

桃井の目が警戒の色を帯びた。

「記憶を失くした時の状況を野々宮先生が再現し、記憶が蘇ることを期待してやっておられます」

源之助が言うと、

「それで、記憶は蘇っておるのですか」

桃井は探るような目をした。

「おぼろげながら、断片的に思い出しておられるそうです」

「断片的と申されると、どのようなものでござるか」

「さて、詳しいことはわかりませんが、勘定方のお役目のことなど」

「ほう、では、大谷さまを斬ったことも思い出したのでござるか」

「いや、それは思い出してはいないようでござるぞ」

源之助が首を捻ると、

「ふん、都合の悪いことは思い出さないということではござらんか。随分と、身勝手なものですな」

桃井は皮肉たっぷりに返した。

源之助が、

「それと、なにやら、不正に関する帳面がどうのこうのと申しておりましたな」

「ふざけおって。自分が公金を横領しておいて、そのことを忘れたですませようとはつくづくと性根の腐ったような奴でござるな」

　桃井は熾烈な言葉で非難をした。

「まったくですな。しかし、厄介なことに、自分は正しいのだという記憶しか戻らないがために、自分は正しいのだと息巻いているのだそうですぞ」

「おのれ」

　桃井は歯嚙みした。

「いかにされますか」

「それなら、藩邸に連れて来てきちんと裁きを受けさせるまで。蔵間殿、ご助力願いたい」

「喜んで。ところで、まことの記憶、すなわち、まずいところも思い出させるには、もう一度、紀代殿と会わせるのがよいのではござらんか」

「紀代殿と」

「紀代殿を見れば、罪悪感というものが込みあがるのではござらんか」

　源之助は提案した。

# 第五章　吹雪《ふぶき》の仇討ち

## 一

明くる二日の朝、源之助は林崎の診療所へとやって来た。

既に源太郎と新之助が来ていて、奥の座敷で青木亀弥太の様子を見守っていた。青木の母親が感謝の言葉を述べ立てたことから、青木が快方に向かっていることがわかった。このため、源太郎と新之助の表情も明るい。

青木は眠っていたが、顔色がよくなり、寝息に生気が感じられた。源之助は林崎を目で促す。

林崎は無言でうなずくと、源之助と共に外に出た。

「紀代殿の所在が知れません。ご無事とは思いますが……」

源之助が告げると林崎は大きく目を見開いた。

「紀代殿のことも含め、これから、大勝負をかけることになりますぞ」

源之助の言葉に林崎はうなずいた。

まだ、患者が訪れていない診療の間に入る。そこに、野々宮宗庵がいた。野々宮は源之助に警戒の目を向けてくる。

源之助は挨拶もそこそこに、

「林崎殿の記憶が戻りましたな」

と、言った。

野々宮はしばらく口を閉ざしていたが、

「いかにも」

と、一言だけ言って源之助の真意を探るようにして黙り込んだ。

「喜ばしいことです。野々宮先生も治療の甲斐があったと申すものですな」

源之助は睨んだ。

野々宮は、

「蔵間殿、わしを捕縛に来たのですかな。両国道倒を殴り、財布を盗んだ容疑で」

「いいえ、あれは、暴行ではなく、治療でございますからな。治療を咎めるものではございません」

源之助はにこやかに返した。

「なるほど、治療行為です」

「天狗の面を使ったのはいかなるわけでござるか」

源之助の問いかけには、野々宮ではなく林崎が答えた。

「野々宮先生に申したのです。かすかな記憶の彼方《かなた》というか、悪夢を見るたびに天狗が出て来ることを思い、天狗がきっと記憶を蘇らせることができる鍵と思いやってみたのでござる」

「すると、弥生の半ば頃、逢魔稲荷の前で倒れていた林崎殿を見つけた時を再現しようとなさったのですな」

「しかし、それですぐに思い出せたものではござらなんだ」

「ですが、それが呼び水となって、桃井の突如の襲撃によって蘇ったのでござりましょう」

源之助の言葉に、

「してみると、桃井主水介殿が刀を抜いて拙者に襲いかかったのも治療行為というものですかな」

林崎は苦笑した。

「好意的に解釈をすればですな」

源之助も笑ってからじきに真顔になり、

「林崎殿が自分が何者かをわかったところで、今後のことですが」

ここまで源之助が言ったところで、

「ここで今まで通り、暮らすのがよい。すなわち、両国道倒として生きてゆくのだ。林崎宗次は死んだのだ」

強い口調で野々宮は言った。

「ごもっともだとは存ずるが、実際に暮らすことができましょうかな」

源之助は疑問を呈した。

「そうすることがいいのだ。白河藩との関わりは断ち切るべきじゃ」

野々宮は断じた。

「林崎殿もそのおつもりかもしれません。野々宮先生がおっしゃられるように、過去と決別した方がいいでしょう。しかし、それを桃井は許さない。桃井は必ず、林崎殿を亡き者にしようとします。桃井一人では林崎殿に歯が立ちますまいが、忠道組という血気盛んな連中がおります」

「しかし、記憶を失くした者を罪には問えぬ。もし、無理にでも藩邸に引っ張っていこうとしたら、わしが命を張って抗議する。指一本手出しはさせぬ」

断固とした決意を野々宮が示したところで、

「先ほども申しましたが、紀代殿の身が心配です」

源之助が言った。

林崎の目が彷徨《さまよ》った。

「おそらくは、桃井が忠道組の連中と語らって自分のために利用すべく、どこかへ閉じ込めておるものと思います。こうなったら、桃井と忠道組の所業を暴くことが紀代殿を助けることになると存じます」

「暴くと申しても、いかにすればよい」

林崎の温和な顔が苦悶に彩《いろど》られた。

「桃井が公金を横領していた証《あかし》を林崎殿が握っておることにしてはいかがか。さすれば、桃井と忠道組は動きます」

「おびき寄せるということですか」

林崎が言った。

「その通り」

源之助は林崎にうなずき返す。

「わかりました。やりましょう」

林崎は応じた。

「それらしき、文書を作り、それを持っているとわたしが桃井を呼び寄せましょう」

源之助が考えを示すと、

「いや、それはよくない」

即座に野々宮が反対をした。

「野々宮先生、わたしは蔵間殿の考えに賛成です。そして、おびき寄せる役目、わたしにやらせてくださいませんか」

林崎の頼みを、

「いや、反対じゃや。受け入れるわけにはいかん」

野々宮は持ち前の頑固さを発揮した。

林崎が困ったように唇を嚙んだ。源之助が説得しようと腰を浮かしたところ、

「わしが行く」

と、遮って野々宮は断固とした意志を示した。

林崎が見返すと、

「わしが桃井と掛け合う。そして紀代殿を無事に救出する」

事もなげに野々宮は答えた。

「先生、それはいくらなんでも……」

林崎は戸惑いを示した。

「任せておけ。わしの方が桃井は信用するし油断する」

野々宮の自信は揺るがない。

「しかし、先生には関わりのないことです。先生を危うい目に遭わせるわけにはまいりませぬ」

林崎は強い口調で言った。

「いや、わしに任せろ」

断固として言い張る野々宮を見て、林崎は助けを求めるように源之助に向いた。しかし源之助は、

「それがよいかもしれませんぞ」

野々宮に味方した。

「蔵間殿まで」

林崎は首を左右に振った。

「というのも、桃井は林崎殿に公金横領の罪を背負わせようとしたのでございますからな」

源之助の言葉に、

「つくづく、汚い男だ」

林崎は憤りを示した。

「それなら、尚更《なおさら》じゃな」

野々宮は言った。

「では、いかにしますか」

林崎も納得した。

「では、これからその段取りについて話を致しましょう」

源之助の言葉にみなうなずいた。

明くる三日の昼、桃井は藩邸の奥座敷に紀代を訪ねていた。八丁堀にある青木の組屋敷に向かおうとした紀代の身柄を忠道組が診療所の前で捕まえ、無理やり駕籠に乗せて藩邸に連れ戻したのだ。

以来、御殿の奥座敷に軟禁している。

「紀代殿、そろそろ、お心を決めてくださいましたか」

にこやかに問いかける。

「わたくしの心は決まっております。桃井殿の妻になることはありません」

相変わらずの強気な紀代に、

「わかりました。それはいずれ後日にじっくりと話をするとしまして、仇討ちの決意を取り戻しましたか」

「それも、何度申したらおわかりいただけるのですか、仇討ちはしません。今の林崎は別人です。別人を父の仇とみなすことはできないのです」

「そうですか。紀代殿は一旦、心に決めたことは変えることをなさいませんな。では、一つ、吉報を申しましょう」

にこやかに吉報と口に出した桃井に、紀代は警戒の色を浮かべた。

「林崎を仇討ちではなく、れっきとした公金横領の罪で処罰できます。そして、公金横領が明らかとなれば、お父上殺害の一件も林崎の仕業とみなしていいでしょう」

自信たっぷりに言う桃井に、

「証とはなんですか」

紀代の問いかけに、

「野々宮宗庵でござるよ」

さらりと桃井は答えた。

「野々宮先生……」

「林崎を助けた医者です」

「野々宮先生がいかがされたのですか」

「あの医者、とんだ食わせ者ですぞ」

桃井はほくそ笑んだ。

二

「野々宮は林崎に助けられたことになっていますが、それはあくまで結果でござる」

桃井は言った。

「というと……」

紀代は前のめりになった。

「野々宮という医者、診療所は必ずしも繁盛しておらなかった。おらなかったどころか、金に困っておったようです。それで……」

ここで思わせぶりに桃井は口を閉ざした。

「では、野々宮という医師は林崎から金を奪うために殴り倒したのですか」

紀代が返すと、

「おそらくは、そういうことでしょうな」

「でも、野々宮は林崎を助けて、自分の診療所を手伝わせたんですよね」

「その辺の事情は確かめますが、おそらくは林崎が医者と見て、利用することを考えたのでしょう」

「それで、その野々宮がなんと申しておるのですか」

「欲深いことに、野々宮は拙者が診療所に乗り込み、林崎を公金横領の罪で追っていることを知り、それを金儲けの手口にしようと企んだのです」

ここまで桃井が言ったところで、野々宮の来訪が告げられた。

「では、野々宮に会ってまいります」

桃井が腰を浮かしたところで、

「わたくしも参ります」

紀代は立ち上がった。

桃井は考える風であったが、

「わかりました」

と、受け入れた。


御殿玄関脇の控えの間で、桃井は野々宮と面談した。脇に紀代も座した。

「わざわざ、ご来訪をいただき、まことにありがとうございます」

桃井は丁寧に挨拶をした。

「先だっては失礼しましたな」

野々宮は紀代に挨拶をした。紀代は静かにうなずき返す。

「本日は、一つ買い取ってもらいたいものがあるのだ」

野々宮は切り出した。

「それは、我らにとって有益なものでござろうな」

桃井が返す。

「むろんのこと」

思わせぶりに野々宮はにんまりとした。

「林崎に絡んだことですね」

紀代が確認すると、

「林崎が国許から持ち去った文書、それをわしは持っておる」

「それは、いかなる文書ですか」

「藩の公金に関する不正が明らかとなる文書ですな」

野々宮が答えたところで、

「それを今頃、どうして持ち出されるのでござるか」

桃井が身を乗り出して問いかけた。紀代が問いかける前のことで、まるで紀代に聞かれたくないかのようだ。

野々宮が口を閉ざしていると、

「どうして今頃、そんなものを持って来るのだ、と問いかけておる」

強い口調で桃井が問いを重ねる。

「それは、まあ、色々と算段したのじゃよ」

「算段とは」

「当初、わしは林崎を殴り、財布を抜き取った。それから、ふと、薬箱を持っており、医者のなりをしておることから、医者の仕事を手伝わせようと思った。助けたふりをしてな」

幸いなことに林崎は記憶を失くしていた。それをいいことに医者をさせてみると、医者としての技量は相当なものだとわかった。それで、医者として診療所を任せると、大した繁盛振りを示すようになった。それで、これはいいと診療所を任せることにした。

「ところが、診療所が繁盛したところで、林崎の素性を本人にわからせない方がよいと判断した」

そこで、身に付けていた白河藩の勘定方不正に関する文書は見せないでいた。

「ならば、それを何故、処分しなかったのだ」

「わしの賢いところじゃ。いや、ずるいところと申すのが適当か」

涼しい顔で野々宮は言い放った。

紀代が冷めた目で見返す。

「いつか、役に立つかもしれんと、持っておることにしたのじゃよ。果して、それは役立った」

野々宮はにやにやした。

「どういうことだ」

桃井が訊く。

「いつしか、白河藩から金を引っ張ることができるのではと踏んだ。すると、果たして、貴殿がやって来られた」

「すると、拙者が林崎の公金横領を暴きたてようということを耳にし、それを利用しようとしたのか」

「まさしく。そして、その企みは的中したということだ」

ひひひと下卑《げび》た笑いを野々宮は放った。

「早く、見せてください」

苛立って紀代が聞く。

「いくらで買ってくださる」

丸めた頭を手でつるりと撫で、野々宮は問いかけた。

「汚い」

紀代は吐き捨てた。

「銭金《ぜにかね》がものを言う世の中ですからな」

野々宮は得意げだ。

「では、文書を見せてもらおう。見ないことには値のつけようはござらん」

桃井は右手を差し出した。

「あいにく、持参しておらん」

抜け抜けと野々宮は言った。

「なんだと」

差し出した右手を桃井は虚しく引っ込めた。

「大事な文書を渡した途端、用は済んだとばかりにばっさり……では困るからな」

野々宮は声を放って笑った。

桃井がむっとしたところで、

「百両だ」

野太い声で野々宮は要求した。

「百両だと……。ずいぶんとふっかけるではないか」

「その値打ちは十分にある。貴殿ならよくわかるはずだ。百両、一文も負けられぬぞ」

野々宮は釘を刺した。

「しかし、中味も見ないうちに」

桃井が不満を示すと、

「中味を見なくとも、貴殿なら想像できるはずだぞ。なあ、桃井主水介殿」

桃井の顔が歪んだ。

「なんなら、今この場で申そうか」

野々宮が挑発すると、桃井はむっつりと黙り込んだ。

ここで、

「話してください」

紀代が言った。

野々宮はにんまりとした。

ところが桃井が、

「わかった。受け取りにまいろう。但し、その場には林崎も連れて来て欲しい。林崎の不正を示す文書と共に藩邸に連れ帰りたいのでな」

「どこで受け取るのじゃ」

「後日、連絡致す。なに、昼間に人目のある場所に致す。その場で貴殿や林崎に手をかけることはない」

桃井は強い口調で念押しをした。

「よかろう。しかし、林崎をそっちに渡すとはとんだ裏切りじゃな」

野々宮が躊躇《ためら》いを示すと、

「今更、裏切るも何もござるまい。何を躊躇《ためら》っておられる。百両を手にすれば、診療所を畳み、悠々自適な暮らしができよう」

桃井に言われ、

「そう言われればそうじゃな」

話はすんだとばかりに、野々宮は再び丸めた頭を手で撫でると腰を上げた。

野々宮が去ってから、

「桃井殿、野々宮という医師、なにやら思わせぶりなことを申しておりましたね」

紀代は桃井に向いた。

「そのようでしたな」

「百両もの金の値打ちがあるのですか。林崎が公金を横領したことははっきりしておるのではないのですか。それなのにどうして野々宮などの言いなりになるのですか。わたくしは合点がゆきません」

「林崎が記憶を失ったということで罪を逃れようとしているのを阻止できるのですぞ。ですから、ここは百両を払ってでも」

「ところで桃井殿、桃井殿や忠道組にとりまして、何か不都合なことが明らかになることはございませぬな」

紀代は厳しく目を凝らした。

「まさか」

桃井は一笑に伏した。

三

診療所に野々宮が戻って来た。

奥座敷で源之助と林崎が応対をした。

「桃井め、餌にがぶっと食いついてきおったぞ」

うれしそうに野々宮は桃井との面談の様子を語った。

「それは、お疲れさまでございました」

林崎が慰労の言葉をかけた。

「中味も確かめず、百両出すと応じたということは、桃井め、よほど焦っていると思われます」

源之助の言葉に、野々宮も林崎もうなずいた。

「それで、林崎も連れて来いとは、証拠の文書と共にその場にて抹殺するつもりであろうて」

苦々《にがにが》しげに野々宮は断じた。

「しかし、桃井とて白河藩の看板に泥を塗るようなことは致すまいと存ずる。江戸市中で大っぴらに刃傷沙汰に及ぶようなことはないと存じます」

林崎の言い分はもっともである。

「林崎殿がおっしゃる通りでしょう。ということは、桃井は一人で来るつもりでしょうかな」

源之助は心当たりがないか野々宮に問いかけた。

「いかにも卑劣そうな男ゆえ、何かしらの魂胆があるのじゃろう」

野々宮にも見当がつかないようで、首を捻るばかりとなった。

「闇討ちをかけるというところでござろうか」

源之助が訊くと、

「それはないじゃろうな。白昼堂々と文書を受け取り、林崎を捕縛すると桃井は申しておったゆえ」

「すると、どういう策に打って出るのでござろうな」

源之助は頭を悩ませた。

「桃井にどのような魂胆があろうと、こちらは堂々と立ち向かうまででござる」

覚悟を決めたように林崎は言った。


一方、源太郎は永沢栄次郎の行方を追っていた。

賭場、盛り場、永沢が立ち寄りそうな所を虱潰《しらみつぶ》しに立ち回っている。青木は平癒に向かっているが、まだまだ走り回るまでには至らない。

焦っても仕方がないと思いつつも、青木のためにも挙げてやらねばならないとついつい焦ってしまう。

一日中歩き回って両国の天狗屋へとやって来た。

「いらっしゃい」

お富が明るい声で迎えてくれた。

「すまんな」

源太郎は酒を頼んだ。

お富が酒と肴《さかな》を持って来たところへ真壁仁三郎が入って来た。源太郎は真壁と顔を合わせるとばつが悪くなってしまった。それに対し真壁はわだかまりがないように、

「よお」

気さくに声をかけてきて、源太郎の前にどっかと座った。

「お富、こっちも熱いのをくれ」

酒を頼むと、

「いかがですか」

ついつい源太郎は自分のちろりを向けた。

「これはすまんですな。酒の勧めは断らないことにしておりますのでな」

真壁はお富から猪口を受け取って、源太郎の酌を受けた。真壁は美味《うま》そうに飲み干してから、

「若い見習い、怪我はいかがされた」

と、青木を気遣った。

「命に別状はござらん。今は療養に努《つと》めております」

源太郎が返すと、

「それはよかった」

真壁はうなずく。

「さても、にっくき永沢栄次郎の行方がまだ摑めず、なんともはや」

源太郎は恥じ入るように頭を下げた。

「焦ることはござらんよ」

慰めるようにして真壁に言われた。

「しかし、貴殿のためにも早く永沢をお縄にせねばと思っております」

源太郎が言うと、

「貴殿、わしの倅に似ておりますな」

真壁はにんまりとした。

「ご子息に……」

源太郎が何気なく問いかえすと、

「わしの倅、まじめ一方で、ま、それが取り柄なのですがな。酒の一滴も飲もうとしませんし
真壁は嘆いた。

「わたしは酒はこの通り飲みますぞ」

源太郎が言うと、

「なるほど」

真壁はお富からちろりを受け取った。

「ともかく、酒を飲めば、みな、気持ちが大らかになって楽しくてかなわんというわ

けでござるよ。なあ、お富」

真壁はお富に声をかけた。

「その辺のところは、賛成しますな」

源太郎も楽しくなってきた。

お富が、

「真壁さん、相変わらず殴られ屋をやっているんでしょう」

「ああ、あれをやっているとな、世の中、鬱憤を持った者が実に多いとわかるぞ。してみると、世の中の鬱憤をわしが引き受けておるようなもんだ」

どうだと真壁は顔を出した。

「幸せなお人だね」

お富は微笑んだ。

すると、

「大変です！」

真壁仁三郎の息子健之介が飛び込んで来た。

「なんだ、騒々しい」

真壁が顔をしかめる。

健之介は源太郎を八丁堀同心と見なすと、

「逢魔稲荷で喧嘩沙汰が起きています」

「喧嘩……。あそこはちんけな賭場が立っているからな。気性の荒い連中が荒れているんだろう。放っておけばいい」

真壁は右手をひらひらと振った。

「でも、大勢の怪我人が出ていますよ。放っておいていいはずはありません」

健之介が訴えたところで、

「わかった」

源太郎が立ち上がった。すると、

「よし、わしも行く」

真壁も腰を上げた。

が、途端によろめいてしまった。

「真壁殿はここにいらしてください」

「いや、そういうわけには……」

「大丈夫です」

きつく言い置いて源太郎は天狗屋を出た。

源太郎はおっとり刀で逢魔稲荷へとやって来た。

すると、やくざ者たちが怒声を発しながら、ぎょろぎょろとした目で鳥居の外に飛び出して来た。

「野郎！」

「出て来やがれ」

「許さねえぞ」

やくざ者たちは威勢のいい言葉をかけながらも腰が引けている。みな、他の者たちをけしかけるものの、自分から率先して立ち向かおうとする者はいない。

「てめえ、行けよ」

「おまえが行け」

お互い、押し付けあっている。

「おい、情けないぞ」

源太郎が声をかける。

やくざ者がこちらを向いた。

「あ、八丁堀の旦那」

源太郎を見て驚きと戸惑いの表情となった。

「何を揉めておるのだ」

源太郎が問いかけると、

「賭場を荒らされたんでさあ」

情けないと頭を掻いた。

「相手は……」

源太郎が問いかけると、

「ええっと、あの……」

一人が鳥居の方を指差した。

薄ぼんやりとした夕暮れの情景が広がり、一人の男が暴れ回っていた。

「永沢……」

源太郎は呟くと十手を抜いた。

そして、鳥居へと向かって歩いて行く。

「永沢栄次郎、御用だ」

鋭く叫ぶや源太郎は十手を向けた。獣のように暴れまわっていた永沢は源太郎を見て、

「なんだ、おまえか」

と、不敵な笑みを浮かべた。

「今度は逃がさんぞ」

源太郎は自分に言い聞かせるように言った。

「捕まえられるものなら、捕まえてみろ」

永沢は開き直り、挑発に出た。

次いで目に付いたやくざ者の腕を摑み、引き寄せると首筋に大刀の切っ先をあてがった。

「た、助けてくれ」

やくざ者は恐怖におののいた。

「うるせえ、やくざ者のくせに怖気《おじけ》づいたか」

「あんた、おれたちが匿ってやったんだぞ。その恩を仇で返そうっていうのか」

「こいつは驚いた。やくざ者が恩だの義理だのって言うか。なるほどおまえらの賭場に匿ってもらったよ。でもな、それをいいことに用心棒代をただにしたではないか。おまけに、博打でおれからむしり取りおって。何が恩だ。古狸の権太は二つ名の通りの狸だ」

永沢は賭場を仕切る古狸の権太一家といさかいを起こし、暴れ出したようだ。どっちにも言い分はあろうが、どっちもどっちであろう。

そんなことより、永沢を捕縛することが第一である。

不毛の言い争いに飽きたのか、

「さあ、どうする。こいつはやくざ者だ。生きていても仕方のない野郎だぞ。それでも、人だ。人が殺されるのを黙って見ているのか」

永沢は源太郎に不満の矛先を向けた。

「助けてくだせえよ。旦那」

やくざ者は必死で救いを求めた。

「八丁堀の旦那……、へへへ、どうする、どうする」

楽しそうに永沢は挑発した。

「馬鹿な真似はよせ」

源太郎が宥めにかかると、

「どっちが馬鹿だかな」

永沢はうそぶき、やくざ者を人質に取ったまま、じりじりと鳥居から出た。源太郎は十手を翳しながら追う。

「手出しできないのか。こんなやくざ者を助けたいのか、なあ、八丁堀同心さんよ」

源太郎を苛立たせるかのように嘲笑を浴びせる。

「やっちまえ」

「何しているんだ」

「十手が泣くぞ」

いつの間にか集まってきた野次馬が源太郎を弱腰だと嘲笑した。源太郎は額に汗を滲ませながらじりじりと永沢に迫る。

永沢は凄い形相で源太郎を睨み、小路を表通りに向かってゆく。源太郎はつかず離れずの距離を保ちながら永沢を追う。

表通りに達したところで、不意に永沢はやくざ者を突き飛ばした。やくざ者は源太郎にぶつかり、二人は地べたに転がる。

源太郎はやくざ者を押しのけ立ち上がった。

永沢は大刀を振り回し、雑踏を蹴散らして両国橋を目指して走り出した。往来を行く人々は驚きと恐怖の叫びを上げながら往来の隅に避難した。

歯を食い縛り、源太郎は必死で追う。

今度こそ逃がさん、強い決意で疾走を続けた。

天狗屋では、

「やはり、気になるな」

真壁が居ても立ってもいられないとばかりに立ち上がった。

「父上、蔵間殿にお任せすべきですよ」

健之介が引き止めたものの、

「なに、ちょっと、様子を見るだけだ」

真壁は息子を制して天狗屋から外に出た。

すると、浪人が大刀を振り回しながら走って来る。後ろから源太郎が追っている。

「よし」

真壁は胸を躍らせ、浪人の前に立ちはだかった。


「退け！」

叫び立てながら永沢は天狗屋の前に到った。

背後には源太郎が迫っている。

源太郎は永沢の前に立つ真壁に気付いた。

「任せろ」

真壁は大刀を抜いた。

永沢が斬りかかる。

真壁は永沢の大刀を弾き飛ばした。大刀は往来に転がった。真壁は得意げに大刀を鞘に仕舞った。大刀を失った永沢はそれで観念することはなく、

「邪魔するな」

憤怒の形相で真壁に殴りかかった。

真壁は仁王立ちして永沢の拳を受け止めた。

途端に永沢は顔をしかめ、膝をついた。拳を振りながらうらめしそうに真壁を見上げる。

「もう、一発いくか」

真壁は顔を突き出した。

「おのれ」

悔しそうに唇を噛んだ永沢に、

「御用だ」

源太郎が十手で肩をはっしと打った。

永沢が捕縛されてから天狗屋では真壁と健之介が酒を酌み交わした。

お富もにこにことして、

「真壁さん、お手柄ですね」

健之介も、

「父上、見直しました」

「こいつ、生意気申しおって」

真壁は健之介の額を小突いた。それでも、息子と酌み交わす酒は美味いと満面の笑みを浮かべた。

四

霜月十日、源之助は野々宮宗庵と林崎宗次を伴い、桃井が指定してきた柳橋《やなぎばし》の船宿へとやって来た。

空はどんよりと曇り、吹く風は身を切るようで、今にも雪が降ってきそうである。

源之助たちは船宿の二階に上がった。

まだ桃井は来ていない。

「桃井のことですから、何か企んでいることでしょう」

林崎が言うと、

「ここで刃傷沙汰には及びますまい」

源之助が返したところで一階の玄関で桃井の声がした。

「では、ひとまず失礼致す」

源之助は隣室に入り、襖を閉じた。林崎たちの様子を窺うべく僅かな隙間を作る。

階段を上がる足音が聞こえた。二人のようだ。

程なくして桃井と紀代が入って来た。

挨拶の言葉もなく桃井は野々宮の向かいに座した。紀代を横に座らせたところで桃井は、

「例の文書、持参してくださいましたな」

「そちらの方こそ、金子《きんす》の用意はできてござろうな」

野々宮が返す。

「この通りだ」

桃井は懐中から紫の袱紗包みを取り出すと、畳の上で広げた。二十五両の紙包みが

四つある。

「なるほど、百両というわけだな」

満足げに野々宮はうなずいた。

桃井は右手を差し出した。

「さあ、頂戴しようか」

「まあ、そう急ぐな」

野々宮は焦《じ》らしに出た。桃井はぐっと堪えるようにして言葉を飲み込むと、紀代に向き、

「紀代殿、ここで林崎宗次の罪が明らかとなります」

紀代は無言でうなずく。

紀代から林崎に視線を移し、

「林崎、紀代殿を見ても何も思わぬか」

桃井は問い詰めた。

林崎は無表情のままだ。

やおら紀代が、

「桃井殿、悪事が露見するのは林崎殿ではなく桃井殿ではありませぬか」

「何を申される」

「藩の公金を横領したのも父を手にかけたのも桃井殿の仕業であると申しておるのです」

険しい顔で紀代は睨んだ。

「紀代殿、よほどの証があってそのようなことを申されたのでしょうな」

対照的に桃井は目元を柔らかにして問い返した。

「証と覚悟がございます」

紀代は胸を張った。

「ほう、見せていただこうか」

桃井は言い放った。

紀代はちらりと野々宮を見た。

野々宮が、

「証はこれだ」

と、文書を紀代に差し出した。紀代は受け取り、書面を広げる。それから、

「公金横領は全て桃井主水介と桃井率いる、忠道組の仕業である。大谷幸之介」

紀代は読み上げた。

桃井はしばらく黙っていたが、

「なるほど、大谷さまはそんなことを書き残しておられたのですか」

意外にも冷静な口調で言った。

「動かぬ証です」

紀代は桃井を見据えた。

「拝見できますか」

慇懃に桃井は頼んできた。

紀代は躊躇った。

「破ったりはしません。そんな姑息《こそく》なことはしませんぞ」

桃井は約束した。

「それならば、どうぞ」

紀代は念押しをしてから証文を手渡した。桃井はそれを一瞥し、

「ふん、くだらん」

と、吐き捨てた。

「何がくだらないのですか」

紀代が詰め寄る。

「これは偽書。なぜなら、この文字は大谷さまの筆遣いではござりませぬ。そのこと、紀代殿ならおわかりのはずですぞ」

　桃井は逆に問い詰めた。

　すると、

「いかにも偽書でしょうね」

　意外にも紀代は認めた。桃井がおやっとした表情を浮かべたところで、

「桃井殿は偽書を承知で買い取ろうとしたのではありませんか」

「なにを……」

「百両もの大金を野々宮殿に用意したということはこの偽書であっても、身に覚えがあるゆえの後ろめたさ、そして万が一偽書ではなく本物であったなら、と、考えてのことではございませぬか」

「そのような戯言《ざれごと》を申されますな。いずれにしましても、このような贋《にせ》の文書では話になりませんな」

　桃井は冷たく言い放った。

　次いで野々宮に向き、

「野々宮、そなたの診療所、まことに台所事情が苦しかったようだな。それが林崎が

医者となって評判となり、診療所は持ち直した。すると、余計に金が欲しくなり、このような偽文書を売り込んできたのだな」

今度は野々宮を責め立てた。

「自分だって相当な悪党のくせしおって、何が忠道組じゃ。御家の金を横領し、人殺しまで行い、挙句《あげく》の果てに己が罪を林崎宗次になすりつけおって……。極悪非道の不忠者めが」

野々宮は逆襲に出た。

丸めた頭から湯気を立てんばかりの憤りぶりである。

「動かぬ証拠を出してみろ」

桃井は開き直った。

ここまで口を閉ざしていた林崎が、

「動かぬ証ならあるぞ」

野太い声を発した。

「なんだと」

桃井が睨み返す。

次いで、

「見せてみろ」

憮然として桃井は返した。

「わたしだ」

林崎は膝を進め、前に出た。

「ほう……」

桃井は薄笑いを浮かべた。

「わたしは大谷さまから公金横領をしていたのは桃井主水介だとこの耳で聞いた。そして、そなたと忠道組を名乗る、不忠臣どもが大谷さまを手にかけたのだ。武士ならば、潔《いさぎよ》く罪を認めよ」

林崎は桃井を糾弾した。

「そなた、林崎宗次であることを思い出したのだな」

桃井は冷笑を浮かべた。

「いかにも、わたしは林崎宗次だ」

「林崎宗次、これより、大人しく藩邸にまいれ」

桃井は居丈高に言い立てた。

「わたしは罪人ではない。そなたが罪人だ」

「林崎、おまえは斬首になるところを逃亡したのだぞ」

「だから、濡れ衣だ」

「濡れ衣であろうが逃亡を企てたことは確かだ」

「汚い奴め」

「汚いのはそなただ。記憶を失くしたふりをして、罪から逃れておったのだからな。この罪人めが！」

肩を怒らせ桃井は罵声を浴びせた。

紀代が、

「宗次さま、藩邸にまいりましょう」

と、言った。

桃井がおやっという顔をして、

「紀代殿もこう申されておられるぞ」

「宗次さま、藩邸で申し開きをなさり、桃井殿らの罪を糾弾なされませ。わたくしが証言を致します」

「ほほう、さすがは紀代殿ですな」

桃井は動じないどころか余裕を示した。

「桃井主水介、覚悟なさい」

紀代は大きな声を放った。

「わかりました。これで、話は早くなった」

桃井は追い詰められるどころか、不敵な笑みを漏らした。

「ずっと、気になっておった。林崎が記憶を取り戻すのではないかということをな。このまま記憶を失くしたままであればよいが、自分が林崎宗次であることを思い出したとしたなら、わが身と忠道組が危ういからな。これですっきりとした。ならば、林崎を討つまで」

桃井は言った。

「討つとはよく申せたものだな」

林崎は言い返す。

「そのために、紀代殿に来てもらった。そなたは紀代殿によって仇討ちをされるのだ。ついでに野々宮、そなたも一緒に冥土に送ってやろう」

うれしそうに桃井は肩を揺すった。

「そんなことはさせぬ」

林崎が言ったところで、桃井は紀代の腕を摑み引き寄せた。

「林崎、刀を捨てろ」

桃井は怒鳴る。

次いで、階段を駆け上がる足音がした。たちまちにして座敷に忠道組が雪崩《なだ》れ込んで来た。

「本性を現しましたね。忠道組のみなさん。父の仇はあなた方です」

ひるむことなく紀代は敵を見回した。

「なんとでも言え、おまえらは死ぬのだ」

桃井は忠道組の者たちに目配せをした。

二人が紀代の左右の腕を摑むや無理やり立たせた。腕を振り解《ほど》こうと紀代はもがいたが、屈強な男が相手とあって身動きできない。

「刀を捨てろ！」

再び桃井は命じた。

林崎は刀を畳に置いた。

刀は忠道組の一人が拾い上げた。

「よし、ついて来い」

桃井は林崎と紀代に命じた。

「どこへ行くのです」

気丈に紀代が尋ねると、

「仇討ちの場だ。紀代、お父上の仇討ちをさせてやる。我ら忠道組が助太刀致すゆえ、心配ない。見事、林崎宗次を討ち果たしてやろうぞ」

声高らかに言うと、桃井は座敷を出た。

林崎と紀代も忠道組に引き立てられ桃井に続いた。


源之助も桃井たちを追った。

さすがに船宿で刃傷沙汰を引き起こすことはできない。桃井の魂胆は仇討ちに見せかけて林崎と紀代を殺すことだ。それなら、仇討ちの果し合いを行うにふさわしい場へと連れて行くに違いない。

桃井が船宿を指定してきたということは、船を使い、その場へと移動するのだろう。

源之助の予想通り桃井たちは船宿の桟橋に繋いであった屋根船に乗り込んだ。既に数人の侍が乗っている。もちろん、忠道組の連中に違いない。

林崎と紀代も船に乗せられ、桟橋を離れた。雪催《ゆきもよ》いの空からちらちらと粉雪が降ってきた。風も強くなる。

源之助は桟橋に立って周囲を見回した。

一艘の舟が近づいて来る。屋根のない舳《へさき》の尖った細長い小さな舟だ。猪《いのしし》の牙《きば》に似ていることから猪牙舟《ちょきぶね》と呼ばれている。多人数は乗れないが、速度が出ることから、吉原《よしわら》に通う男たちがよく利用する。

「熊吉、ご苦労」

船頭に声をかけると、白い息が流れ消えた。

熊吉は松平定信の依頼で桃井を連れ、林崎を探しに両国西広小路を訪れた際に出会った男だ。腕のいい船頭だったが賭博で身を持ち崩したものの、源之助に叱咤されて船頭に戻り、博打を辞めてまっとうに暮らしている。

それだけに源之助に感謝をしており、源之助は桃井が船宿を指定してきたことから、船での移動を想定し、呼んでおいたのである。

「どうぞ、乗ってください」

熊吉は桟橋に猪牙舟を着けた。

源之助は大刀を鞘ごと抜いて猪牙舟に乗り込んだ。舟が揺れ、すぐに腰を落とす。

「あの屋根船を追ってくれ」

源之助は遠ざかる屋根船に視線を預けた。

「おやすい御用で」

熊吉は声を弾ませた。

屋根船は大川に出ると江戸湾の方へ進む。雪混じりの風が吹きすさび、凍《こご》えそうになる。源之助は背中を丸め、手に息を吹きかけた。ところが熊吉は舟唄を口ずさみながら悠然と櫓《ろ》を漕いでいる。

両国橋を越えると、数艘の猪牙舟と行き交った。みな、競い合うようにして進んでゆく。

「この寒いのに、吉原通いですよ。好きな連中ですね」

櫓を操りながら熊吉は言った。

屋根舟はゆるゆると一町ほど進み、やがて砂州《さす》に着けられた。枯れ薄《すすき》が生い茂る岸に桃井たちは降り立った。

「あいつらが降りた手前の岸に着けてくれ」

源之助が頼むと、

「合点でえ」

勢いよく熊吉は応じた。

桃井たちが砂州に降りると屋根船は離れて行った。

風雪は激しさを増す一方だ。

砂州の真ん中まで行き、桃井は大刀を林崎に放り投げた。林崎は拾い、腰に差す。紀代は懐剣を抜いた。林崎と紀代を桃井以下、忠道組の面々が囲んだ。

「さあ、仇討ち果たし合いの始まりだ」

桃井の言葉が合図となり一人が林崎に斬りかかった。

すかさず林崎は抜刀し、敵の刃を受け止める。鋭い金属音が響くや敵の刀が弾け飛んだ。

しかし、林崎も身体の均衡を崩した。

雪が降り積もり足場が悪くなっている。このため、忠道組の連中も足を滑らせ、凍てつく寒さも加わり、動きは鈍い。

敵の有様を見た林崎は、紀代を枯れ薄の茂みへ逃した。

源之助は猪牙舟から降り立ち、枯れ薄をかき分けて進んだ。

吹雪の中、林崎と桃井たちが刃を交わしている。十手は抜かず、源之助も大刀を抜いた。

「蔵間源之助、林崎宗次殿に助太刀申す！」

大音声《だいおんじょう》で叫ぶや闘争の真っ只中に躍《おど》り込む。このところ、負担になっていた鉛を仕込んだ雪駄《せった》だったが、踏ん張りが利いた。腰が定まらない者が続出する中、自在に刃を振るうことができる。

「おのれ、蔵間、裏切ったか。おまえは、大殿さまから林崎捕縛の影御用を依頼されたはずだぞ」

桃井が源之助に怒声を放った。

「裏切ったのは桃井主水介と忠道組ではないか。白河藩松平家の台所改善を叫びながら、自分たちの私服を肥やすとはなんたる不忠者だ。その上、自分たちの所業が露見するや大谷幸之介さまを殺害、公金横領の罪と併わせて林崎宗次殿になすりつけた。これほどの悪事を重ねた者どもがわたしを裏切り者呼ばわりするとは笑止千万《しょうしせんばん》だ」

叫びたてるや源之助は憤怒《ふんぬ》の形相で敵と刃を交わす。

紀代は枯れ薄の間に身を潜めていたが、熊吉の猪牙舟に気付いた。

枯れ薄の茂みを抜け、熊吉に近づく。

「すみません。お願いがあります」

紀代は熊吉に声をかけた。

「へ、へい」

戸惑い気味に返事をした熊吉に近寄り、

「竿をお借りしたいのです」

紀代は頼んだ。

「え、ええ……。舟を操るんですか」

熊吉は目を白黒させた。

「違います。竿だけでよいのです」

熊吉の返事を待たず紀代は竿を取り、枯れ薄に向かって駆け出した。

熊吉は呆然と見送った。


枯れ薄の茂みから抜け出した紀代は両手で竿を構えると群がる敵に立ち向かった。竿を薙刀《なぎなた》のように操り、敵の脛《すね》を払《はら》ってゆく。敵はばたばたと倒れる。それでも紀代の背後から敵が迫った。

すかさず林崎が駈け寄り、敵を斬り伏せた。

源之助も刃を振るいつつ桃井を探す。

敵味方入り乱れての乱戦に加えて吹きつける風と雪が桃井の所在をわからなくして

いる。

吹雪の中、敵が影絵のように蠢《うごめ》いていた。林崎と紀代の奮戦で人影が倒れる。

「桃井がおりません」

紀代が叫んだ。

「枯れ薄に身を隠しているのでしょう。卑怯な奴です」

林崎が吐き捨てた。

すると、

「蔵間の旦那！」

熊吉の声が聞こえた。

「さては桃井め、猪牙舟で逃げるつもりだな」

源之助は走り出した。

林崎と紀代も続く。

枯れ薄を抜けると桃井が熊吉に刃を向け、猪牙舟に乗り込むところだった。

「死にたくなかったら、早く出せ」

大刀の切っ先を熊吉に突きつけ、舟に乗り込んだ。やむなく熊吉は櫓を漕ぎ始める。

猪牙舟が砂州から離れたところで、

「卑怯者め、逃がさん！」

源之助は雪駄を脱ぎ、桃井目掛けて投げつけた。

鉛が仕込まれた雪駄は一個の砲弾と化し、桃井の後頭部を直撃した。桃井はもんどり打って猪牙舟から浅瀬に落ちた。水飛沫《しぶき》が上がり、強まる風雪が桃井を襲う。

濡鼠《ぬれねずみ》となった桃井は立ち上がると再び猪牙舟に乗ろうとした。

すかさず熊吉は櫓を漕いで桃井から離れた。

林崎が走り寄る。

追い詰められた桃井は手で川の水をすくい上げ、林崎に浴びせかけた。林崎は間を取った。

紀代は構わず桃井に近づき、竿を突き出す。

竿は桃井の腹を打った。

桃井は苦渋の表情となったが大刀を抜き、水飛沫を立てながら紀代に斬りかかった。

恐れることなく紀代は竿を出す。

桃井は大刀を一閃させた。竿が両断される。

間髪《かんはつ》を容《い》れず桃井は紀代に迫る。

林崎が間合いを詰めて下段から大刀をすり上げた。

桃井の腕が斬り飛ばされ、ぽとりと大川に落ちた。

「紀代殿、とどめを！」

林崎が叫ぶ。

紀代は懐剣を抜き、

「桃井主水介、父の仇、覚悟せよ！」

凛《りん》とした声を発し、懐剣を桃井の胸に突き刺した。

「おおっ！」

断末魔の叫びを上げ、桃井は浅瀬に倒れた。

「お見事！」

源之助は紀代の仇討ち成就を賞賛した。

風が弱まり、雪が降り積もっていた。白雪は林崎の潔白を示しているようだった。


霜月の二十五日、冬晴れの昼下がり、源之助は築地にある松平定信の隠居屋敷に呼ばれていた。数奇屋造りの茶室で定信から茶を振舞われた。

茶釜から立ち上る湯気に心が和む。

「蔵間、こたびの影御用、わしの不手際から生じた。許せ」

定信は詫びた。

「楽翁さまの責任ではございません。悪いのは桃井主水介と忠道組の者どもでございました」

源之助は頭を下げた。

「いやいや、国許の政《まつりごと》に目配りが足りなかったのじゃ。倅、定永《さだなが》にもこたびの不始末、厳重に注意しておいた」

「林崎殿は白河藩に帰参なさるのですか」

「いや、林崎は引き続き両国の診療所にて医者として暮らすと申した。それから、紀代であるが、弟の家督相続を見届けてから江戸にまいり、林崎の妻として診療所を営むことになりそうじゃ」

「紀代殿ならば、医者の妻として申し分ございませぬな。患者からもさぞや慕われることでしょう」

収まるところに収まったということだ。

忠道組の者たちは国許に送られ、これから厳しい詮議が行われるそうだ。

「今日はよき日和《ひより》じゃ。表に出ようぞ」

定信はにじり口から外に出ようとした。すると、

「そうじゃ。この雪駄、一度履いてみたかったのじゃ」

沓脱《くつぬ》ぎ石に置かれた鉛の板を仕込んだ雪駄に定信は興味を示した。

「わたしの雪駄を履くなど、おみあしが汚《けが》れますぞ」

恐縮して源之助が返すと、

「なんの、わが藩の恩人の雪駄ではないか。履かせてくれ」

定信に頼まれ、

「では、お気のすむままに」

面映《おもはゆ》い気持ちで源之助は承知した。

定信は源之助の雪駄を履いた。続いて源之助は定信の雪駄を履こうとはせず、裸足《はだし》で表に出た。

土がきゅんきゅんと鳴って心地良い冷たさが足元から伝わってくる。踏みしめると土の温もりを感じ、生きている実感を抱くことができた。

「おお、これは歩きにくいのう。そなた、よくこのような雪駄で自在に動き回ることができるものよ」

文句を言いながらも定信は楽しそうだ。

枯れ葉や枯れ枝の上を踏みしめながら歩き、立ち止まると日輪を見上げた。

思う存分に日輪を浴びてから源之助に視線を移し、

「わしもこのような雪駄を履くことにしようかのう。足腰を鍛えることができそうじゃ。まだまだ、老いるわけにはいかぬ。動きが鈍っては不正も見抜けぬからな。足元が定まらなければ国許の政を気遣うことなどできぬ」

よほど、今回の一件が定信には堪《こた》えたようだ。

源之助の脳裏に、吹雪の中、竿を薙刀のように操る女傑紀代の雄姿が浮かんだ。女傑が果たして良妻、賢母となるのか、はたまた悪妻となるのか、薬研堀の診療所を覗くのが楽しみだ。

時代小説
二見時代小説文庫

# 逢魔《おうま》の天狗《てんぐ》 居眠《いねむ》り同心《どうしん》 影御用《かげごよう》28

著者 早見《はやみ》 俊《しゅん》

発行所 株式会社 二見書房
東京都千代田区神田三崎町二－一八－一一
電話 〇三－三五一五－二三一一［営業］
〇三－三五一五－二三一三［編集］
振替 〇〇一七〇－四－二六三九

印刷 株式会社 堀内印刷所
製本 株式会社 村上製本所

落丁・乱丁本はお取り替えいたします。
定価は、カバーに表示してあります。

 ISBN978－4－576－18183－7
http://www.futami.co.jp/

# 早見俊

## 居眠り同心 影御用 シリーズ

閑職に飛ばされた凄腕の元筆頭同心「居眠り番」蔵間源之助に舞い降りる影御用とは…!?

以下続刊

① 居眠り同心 影御用 源之助 人助け帖
② 朝顔の姫
③ 与力の娘
④ 犬侍の嫁
⑤ 草笛が啼《な》く
⑥ 同心の妹
⑦ 殿さまの貌《かお》
⑧ 信念の人
⑨ 惑いの剣
⑩ 青嵐《せいらん》を斬る
⑪ 風神狩り
⑫ 嵐の予兆
⑬ 七福神斬り
⑭ 名門斬り
⑮ 闇の狐狩り
⑯ 悪手《あくしゅ》斬り
⑰ 無法許さじ
⑱ 十万石を蹴る
⑲ 闇への誘い
⑳ 流麗の刺客
㉑ 虚構斬り
㉒ 春風の軍師
㉓ 炎剣《えんけん》が奔《はし》る
㉔㉕ 野望の埋火《うずみび》(上・下)
㉖ 幻の赦免船
㉗ 双面《ふたおもて》の旗本
㉘ 逢魔の天狗

二見時代小説文庫

# 藤 水名子

## 火盗改「剣組」

シリーズ

以下続刊

① 鬼神 剣崎鉄三郎　② 宿敵の刃

《鬼平》こと長谷川平蔵に薫陶を受けた火盗改与力剣崎鉄三郎は、新しいお頭・森山孝盛のもと、配下の《剣組》を率いて、関八州最大の盗賊団にして積年の宿敵《雲竜党》を追っていた。ある日、江戸に戻るとお頭の奥方と子供らを人質に、悪党たちが役宅に立て籠もっていた…。《鬼神》剣崎と命知らずの《剣組》が、裏で糸引く宿敵に迫る!

評定所留役
秘録
父鷹子鷹
牧 秀彦




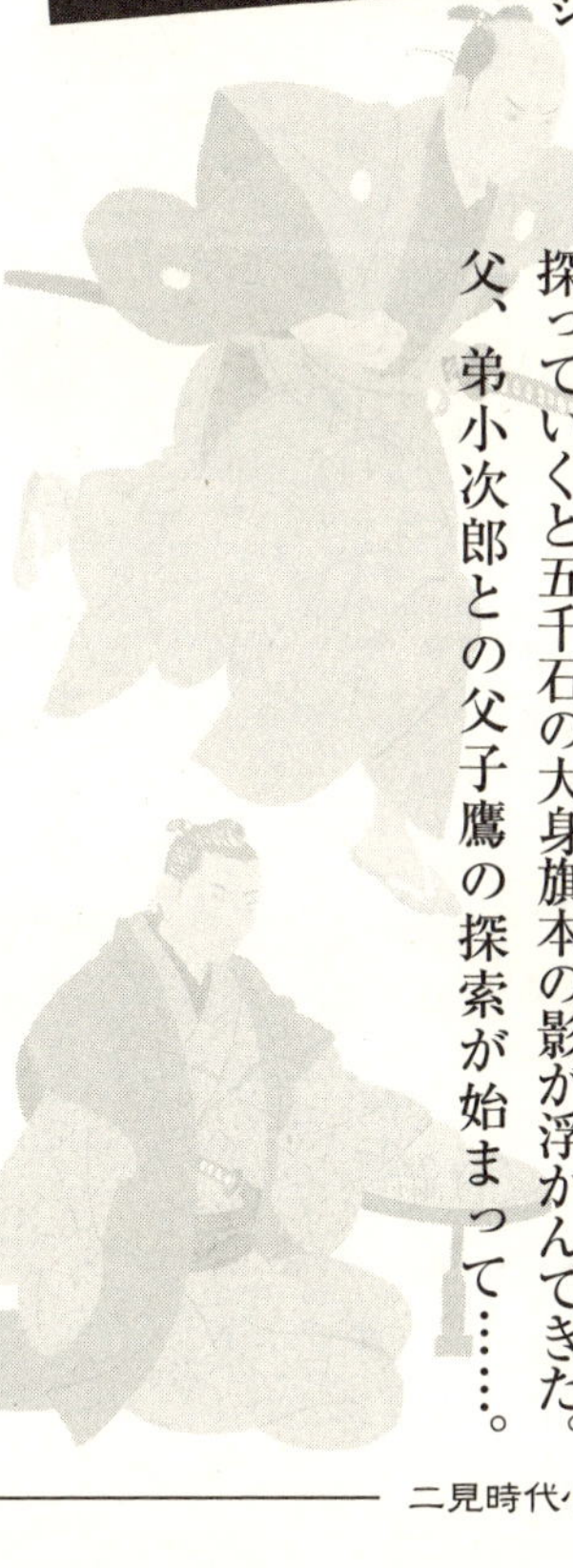

# 和久田正明

## 十手婆 文句あるかい

シリーズ

以下続刊

① 十手婆 文句あるかい 火焔太鼓

深川の木賃宿で宿の主や泊まり客が殺される惨劇が起こった。騒然とする奉行所だったが、目的も分からず下手人の目星もつかない。岡っ引きの駒蔵は見えない下手人を追うが、逆に殺されてしまう。女房のお鹿は息子二人と共に、亭主の敵でもある下手人をどこまでも追うが……。白髪丸髷に横櫛を挿す、江戸っ子婆お鹿の、意地と気風の弔い合戦！

二見時代小説文庫

小料理のどか屋 人情帖
人生の一椀
倉阪鬼一郎